Die Rettung

der

Welt

Achtet auf die Zeichen

-

kehrt um!

Prolog

Die weise Frau stand trotz ihres nun doch schon recht fortgeschriebenen Alters stolz und aufrecht im Kreis der versammelten Gilde. Nacheinander betrachtete sie die anwesenden Seherinnen. Die Frauen der Gilde erwarteten Antworten von ihr. Der Blick der weisen Frau wanderte nach oben in den Nachthimmel und musterte nachdenklich die beiden Monde. Noch blieb ihnen etwas Zeit. Krooh und Sandull zogen wie seit Urzeiten gemeinsam durch die Nacht. Der große Mond ruhig und langsam, sein kleiner Begleiter dafür umso schneller und scheinbar ruhelos.

Nach einer Weile breitete die weise Frau langsam ihre Arme aus und sprach mit fester lauter Stimme, „meine Schwestern, ihr habt die Zeichen gesehen. Es droht der Untergang des Waldlandes. Noch können wir etwas dagegen tun. Ich habe die Buhlbaumrollen zu Rate gezogen. In Zeiten wie diesen empfehlen uns die alten Aufzeichnungen die Wahl eines Allbewahrers. Eines Mannes, der alle Völker und Stämme unter seine Obhut nimmt und die Klugheit und vor allem die Kraft hat das Waldland und seine Menschen zu retten. Wir werden deshalb sehr klug wählen müssen." Die weise Frau schwieg und ließ ihre Worte nachwirken. Selbstverständlich hätten sich die Gildemitglieder untereinander auch lautlos, lediglich mit ihren Gedankenlauten unterhalten können. Aber die weise Frau wusste um die Wirkung von laut ausgesprochenen Worten.

„Meine Schwestern, seit ihr damit einverstanden das Wohl des Waldlandes einem Allbewahrer anzuvertrauen?" Sämtliche Anwesenden hoben ihre rechte Hand. Die weise Frau lächelte traurig, „ich weiß, wie schwer euch diese Zustimmung fällt. Schließlich bestimmt die Gilde der Seherinnen über das Wohl des Waldlandes und seiner Menschen. Wir lenken seit Urzeiten klug und milde die Menschen. Wenn es die Situation erfordert, auch bestimmend, die uns anvertrauten Völker. Frieden und Glück herrscht in den Wäldern, seit die Gilde der Seherinnen ihre Bestimmtheit gefunden hat."

Eine Weile schwieg die weise Frau, dann lächelte sie freundlich und klatschte auffordernd in ihre Hände: „Geht nun zu den Waldmenschen. Die Völker und Stämme sollen ihre besten Männer zu uns senden, damit wir eine gute Wahl treffen können. Der Allbewahrer hat eine große Aufgabe zu erfüllen. – Meine Schwestern: achtet auf die Zeichen! Uns bleibt leider nicht mehr viel Zeit."

Die alte Frau wartete, bis sie wieder allein in ihrem Hain war. Müde lehnte sie sich gegen die abgewetzte Lehne einer Holzbank. Sie fühlte sich so unglaublich müde und spürte, dass es an der Zeit war ihre Nachfolge zu regeln. Das würde dann in den kommenden Tagen ihre nächste und letzte Aufgabe sein …

Gefährliche Wege

1

Nachdenklich blickte Bora auf den kleinen in der Dunkelheit diffus silbern schimmernden Waldsee hinaus. Das Wasser lag ruhig und still vor ihr. Nur ganz selten, wenn ein Fisch nach Luft schnappte, bildeten sich an der Oberfläche kleine Kreise. Seit mehr als drei Tage befand sich die alte Seherin jetzt in der kleinen versteckten Höhle, die wenige Meter über dem See lag und meditierte vor sich hin. Der Grund war, dass ihr seid einiger Zeit bewusst war, welch schwerwiegende Entscheidung vor ihr lag.

Die Zeit war gekommen in der einer der Stammesmitglieder der Andus zum Wohl aller Waldmenschen die Reise zum Berg Dahn antreten musste. Die Wahl welchem Andu diese Ehre zuteilwurde lag bei der Seherin des Stammes. Nur sie konnte abwägen welcher der jungen Männer aus dem Stamm der Andus die Strapazen der Reise überleben und den geheimen Ritus auf dem Berg Dahn bestehen konnte. Es war eine sehr weitreichende Entscheidung – nicht nur über das Leben und den möglichen frühen Tod des Auserwählten, sondern für alle Andus und letzten Endes für das ganze Waldland. Selbstverständlich würden auch die anderen Ansiedlungen einen ihrer jungen Männer auf die lange Reise schicken. Natürlich konnte es am Ende nur einen Allbewahrer geben. Eine große Ehre und gleichzeitig eine unermessliche Verantwortung und schwere Last. Das zukünftige Schicksal des Waldlandes würde in den Händen des Auserwählten liegen.

Es raschelte sacht kaum wahrnehmbar im Gebüsch. Bora verzog ihr Gesicht zu einem Schmunzeln. Der Standort der Höhle und der Eingang waren streng geheim und wurden nur von Seherin zu Seherin weitergegeben. Außerdem war der Aufenthalt in der Nähe des kleinen Sees ausschließlich der Seherin vorbehalten. Bora wusste deshalb sehr genau, wer sich ihr gerade näherte. Es konnte nur Gordo sein und dieser machte wie üblich absichtlich etwas Lärm, damit sie nicht erschrak, wenn er plötzlich, wie aus dem Nichts vor ihr auftauchte. Üblicherweise schlich er sich an seine Opfer völlig lautlos an. Aber Bora war für ihn kein Opfer, ganz im Gegenteil.

Aus dem Dickicht um die Höhle löste sich plötzlich ein riesiger Schatten und Gordo landete zielsicher wenige Zentimeter neben Bora. Der gewaltige Katzenmann senkte seinen mächtigen Schädel zum Gruß und stieß Bora freudig und bedächtig mit einer seiner starken Tatzenhände an. Trotzdem verzog Bora schmerzhaft ihr Gesicht. Brackkatzen waren enorm kräftig und Gordo war ein besonders stattliches und muskulöses Exemplar.

„Hallo alter Freund", zärtlich umarmte die alte Frau den mächtigen Schädel und drückte einen flüchtigen Kuss in den gelbgepunkteten Pelz. Bora hatte den Brack vor Jahren auf einer ihrer zahlreichen Wanderungen zufällig gefunden. Gordo lag neben seiner toten Mutter und war dem Tod näher als dem Leben gewesen. Der Körper der alten Brackkatze war übel zugerichtet gewesen und wies zahlreiche Wunden auf. In der Nähe lagen die toten Körper vieler Bründis, flinker fleischfressender Baumwesen. Diese Kletterer waren sehr feige. Sie gingen grundsätzlich nur dann zum Angriff über, wenn sie sich in der Übermacht befanden. Dass sie eine ausgewachsene Brack angegriffen hatten, konnte nur bedeuten, dass sich in der Gegend ein sehr großes Rudel herumtrieb und dass dieses starken Hunger gehabt hatte. Die über zwei Handvoll herumliegende tote Bründis bewiesen, wie tapfer die Brack gekämpft haben musste. Die rettende Flucht war ihr wegen ihres Kindes nicht möglich gewesen. Bora begriff, dass sie rasch handeln musste. Wenn die Bründis den Mut aufgebracht hatten eine Brack anzugreifen, würden sie wahrscheinlich auch nicht davor zurückschrecken es bei einer Seherin zu versuchen.

Rasch ergriff sie deshalb den kleinen Kater wickelte ihn fest in ihren Umhang und eilte davon. Bora war klar gewesen, dass sich die Bründisbande noch in der Nähe befinden musste. Die Brack war zwar tot gewesen, aber ansonsten unversehrt. Üblicherweise nagten die Kletterer ihre Opfer in kürzester Zeit bis auf die Knochen ab. Wahrscheinlich hatte Boras Auftauchen, sie für kurze Zeit verjagt. Aber sie würden auf jeden Fall zurückkehren. Zwar hatte Bora keine Angst vor den Bründis, sie konnte es mit ihnen durchaus aufnehmen. Aber mit dem kleinen Brackkater auf dem Arm wollte sie es nicht auf einen Kampf ankommen lassen. Eilig lief die Seherin deshalb in Richtung des heimatlichen Waldsees davon. Sie wurde nicht verfolgt, wahrscheinlich machten sich die Bründis sofort nach ihrem Verschwinden über den Kadaver der großen Brackkatze her.

Bora wusste, dass sie mit dem kleinen Brack auf keinen Fall in der Ansiedlung der Andus auftauchen konnte. Die Waldmenschen fürchteten sich vor den Brack. Zwar griffen diese scheuen Wesen niemals Menschen an und umgingen die Ansiedlungen weitläufig.

Es kam deshalb nur äußerst selten zu Begegnungen zwischen Menschen und Brack. Wer aber einmal ein ausgewachsenes Exemplar dieser Lebewesen gesehen hatte, mit den mächtigen Reißzähnen, den dolchartigen Klauen und den ausgeprägten Muskelpaketen hatte sofort eine kreatürliche Angst vor diesen Wesen. Dabei waren Bracks äußerst scheu und sorgfältig darauf bedacht den Waldmenschen aus dem Weg zu gehen. Diese Lebewesen waren nämlich keineswegs die blutrünstigen Monster, an die man sofort dachte, wenn man einem von ihnen begegnete, sondern standen in ihrer geistigen Entwicklung mindestens auf dem gleichen geistigen Stand wie die Waldmenschen. Mit dem Unterschied, dass ihre Art nur über eine äußerst geringe Population verfügte. Bracknachwuchs war extrem selten. Ein Zyklus, der bei ihnen eine Schwangerschaft möglich machte, trat nur ein, wenn ihre Population eine bestimmte Größe unterschritt. Bracks verfügten damit über eine strenge natürliche Geburtenkontrolle. Bora war der Meinung, dass dies nicht die schlechteste Eigenschaft war, die eine Art haben konnten. Sie selbst betrachtete oft mit Sorge, wie sich die Gemeinschaft der Waldmenschen immer weiter, ohne Rücksicht auf die vorhandenen natürlichen Gegebenheiten, ausbreitete. Irgendwann musste die Umwelt daran Schaden nehmen.

Die Seherin sah es als ihre Pflicht an sich dem kleinen Brackkater anzunehmen. Schließlich wusste sie aufgrund ihrer langen Lehrjahre zur Seherin wesentlich mehr als die anderen Waldmenschen. Ihre Vorgängerin hatte ihr so manches Geheimnis anvertraut, dass die anderen Waldmenschen niemals erfahren durften. Dazu gehörte auch, dass die Bracks ein äußerst intelligentes Volk waren und über eine moralische Einstellung verfügten, die sie sich bei den Waldmenschen manchmal auch gewünscht hätte. Außerdem war es für Bora eine Selbstverständlichkeit jedem in Not geratenen Lebewesen zu helfen. So wäre sie – etwas widerwillig - auch einem verletzten Bründi zu Hilfe gekommen.

Bora wusste, dass die Chance sehr gering war den kleinen Brackkater am Leben zu erhalten. Sie konnte mit ihm nicht in ihr Dorf gehen. Selbst ihre Autorität hätte nicht ausgereicht, um den Andus die kreatürliche Angst vor dem Brack zu nehmen. Wahrscheinlich wäre der kleine Kater irgendwann einem hinterhältigen Anschlag zum Opfer gefallen.

Der kleine Gordo, so nannte Bora ihr Findelkind, wurde von der Seherin deshalb in der geheimen Höhle aufgezogen. Am Anfang war dies mit erheblichen Mühen verbunden. Bora war Seherin der

Andus, ihre Pflicht war es im Zentrum der Ansiedlung zu wohnen und über das ihr anvertraute Volk zu wachen. Der kleine Brackkater benötigte beim Heranwachsen sehr viel körperliche Nähe und Wärme. Bora verbrachte deshalb viele Nachtstunden bei ihm. Sie geriet aufgrund der Doppelbelastung für einige Sonnenumläufe an ihre körperliche Leistungsfähigkeit. Ein weiteres großes Problem war, dass Bracks Fleischfresser waren. Bora selbst bevorzugte wie die meisten Waldmenschen Pflanzenkost. Fleisch aß sie nur sehr selten. Um den Brack mit dem nötigen Fleisch zu versorgen, musste sie selbst auf die Jagd gehen. Das bedeutete für sie eine riesige Überwindung. Sie musste Lebewesen töten, um ein anderes am Sterben zu hindern. Ein großes Dilemma für die Seherin. Die in ihrer Ausbildung erlernten meditativen Versenkungen und das geheime religiöse Wissen der Seherinnen halfen ihr in diesen schwierigen Momenten sehr.

Gordo wuchs mit den Jahren zu einem prachtvollen Brackkater heran. Aus klugen Augen sah er Bora in diesem Augenblick gerade an und die Seherin wusste, dass sie allein dieser Blick für all die mühevollen Jahre die hinter ihr lagen entschädigte.

„Hallo Gordo, ich habe schon vor einigen Tagen bemerkt, dass du dich hier herumtreibst. Du hättest ruhig schon früher kommen können."

Gordo knurrte leise und tief. Die Seherin nickte verstehend, „du störst nie Gordo, dass solltest du in der Zwischenzeit doch wissen. Deine Anwesenheit ist für mich immer eine große Freude und Bereicherung." Zärtlich umschlang die Waldfrau den großen Brackkater.

Es war eine seltsame Unterhaltung, welche die beiden ungleichen Wesen führten. Brackkatzen sprachen nicht viel, es strengte sie sehr an, verständliche Wörter zu bilden. Untereinander unterhielten sich in einer Sprache die aus unzähligen Knurr- und Schnurrlauten bestand, die wiederum für Waldmenschen unverständlich blieb. So verlief ein Gespräch zwischen Bora und Gordo meist etwas einseitig. Der Brackkater steuerte oft nur einige Worte bei. Trotzdem hatten die beiden ungleichen Wesen mit den Jahren eine Ebene gefunden, auf der sie sich gemeinsam austauschen konnten, ohne viele Worte zu benötigen.

Sie saßen sich jetzt gegenüber, ein Paar das nicht ungleicher hätte sein können. Die alte Seherin, ein Waldmensch und der junge Brack.

„Nun was siehst du?", Bora lächelte, „ich weiß, die Jüngste bin ich tatsächlich nicht mehr. Aber ich habe die Ehre in den nächsten Tagen mitzuerleben, wie ein Mensch zum Allwahrer gewählt wird. Nicht viele Waldmenschen können das von sich behaupten."
Gordo knurrte leise vor sich hin.

„Ich habe mir lange Zeit Gedanken gemacht, wen ich auf diese lange Reise senden soll", Bora streichelte gedankenvoll über Gordos Fell, während sie nachdenklich weitersprach, „ich glaube, dass ich jetzt die richtige Wahl getroffen habe. Sie wird meinem Volk allerdings überhaupt nicht gefallen."

2

Schwer auf seinen knorrigen Wanderstab gestützt stand Marlik da und betrachtete abwartend die zwei Monde, die wie seit Menschengedenken ihre nächtliche Wanderung über dem Waldland zurücklegten. Der mächtige Krooh zog dabei ruhig und besonnen wie immer seine Bahn. Sandull war sein schneller Begleiter, der ihn jede Nacht unzählige Male umtanzte. Alles war wie sonst und doch war alles anders. Marlik hatte die Zeichen gesehen, schließlich war er der Bewahrer der Andus. Er war dafür verantwortlich, dass die Andus die sie umgebende Natur achteten. Das Land, in dem sie lebten, war von dichtem Wald durchzogen. Dieses Meer aus Bäumen und Sträuchern bildete den Lebensraum der verschiedenen Völker. Die Menschen wurden von dieser Natur ernährt. Es gab Wildtiere, essbare und gesunde Pflanzen und vor allem Früchte im Überfluss. Die Aufgabe der Bewahrer war es für den Schutz des Waldes zu sorgen. Die natürlichen Schätze des Waldes und der Bedarf der Dorfbewohner durften nicht aus dem Gleichgewicht geraten. Die Bewahrer sorgten damit auch für das Wohl der Bewohner ihres Stammes.

Marlik nahm seine Aufgabe sehr ernst. Aber er wusste, dass es Sippen gab, bei denen die Bewahrer die alten Gesetze nicht mehr so achteten. So hatte er erfahren, dass es Sippen gab, bei denen Missachtungen gegen die Kinderzahl nicht mehr mit dem Verstoß aus der Sippe geahndet wurden. Diese Dorfgemeinschaften vergrößerten sich und griffen in den Wuchs des Waldes ein. Die Seherinnen warnten eindringlich vor den Folgen dieses Frevels. Marlik und Bora waren sich einig, wenn es um die Entwicklung der Andus ging. Die Sippe hatte sich seit Generationen nicht groß verändert, war überschaubar und das war ein guter Zustand. Niemand hungerte oder litt an Durst, es gab genug Wohnraum, es war ein gutes Leben.

Doch es zog Unheil herauf. Die Vorzeichen im letzten Jahreslauf waren deutlich gewesen. Eine große noch unbekannte Gefahr bedrohte das Waldland. Ganz Pallus, die Weltenkugel, auf der sie lebten, schien betroffen. Eine andere Auslegung war nicht möglich. Es war genauso wie es in den mündlichen Überlieferungen der Ahnen beschrieben war. Nur noch ein Zeichen fehlte, das Entscheidende. Wenn auch dieses eintraf, war es höchste Zeit zu handeln. Wobei die Mittel, welche die Bewohner von Andus einsetzen konnten, äußerst beschränkt waren.

Die Zeichen waren eindeutig gewesen: Die strenge Winterkälte war schon zum zweiten Mal ausgeblieben. In der Folge fehlten die tauenden Schneeberge und die Überschwemmung der Flussauen blieb aus. Den dort lebenden Fruchtbäumen fehlten deshalb die Nässe und Feuchtigkeit. Die Bäume hatten in Folge nicht mehr genügend Kraft, um Früchte zu tragen. Die Frühlingswinde waren unglaublich stürmisch gewesen. Die jährliche Blüte der Belftbäume, ein Zeichen für den Wechsel der Jahreszeiten, war ausgefallen. Die Krothvögel waren nicht aus ihrem Winterquartier gekommen. Die Nüsse des Krohpusstrauches waren zwar zahlreich, aber viel zu winzig ausgefallen. Die Ernte war sehr mühsam und lohnte sich kaum ... und das Unbegreiflichste: Es hatte in den warmen Monaten keinen einzigen menschlichen Nachwuchs bei den Andus gegeben. Es schien so, als wären die Mädchen und Frauen nicht mehr in der Lage die männliche Frucht auszutragen. Nicht mal die bejahrtesten Greisinnen des Stammes konnten sich erinnern, dass so etwas jemals der Fall gewesen war. Bora hatte auf einer Versammlung des Rates lächelnd eingeworfen, dass immer zwei dazugehörten, damit es Nachwuchs bei den Waldmenschen gab. Vielleicht hatte die Frucht der Männer nicht genügend Kraft, um im Leib der Frauen zu wachsen. Marlik hatte darüber nachgedacht, er hielt die Seherin nämlich für sehr klug und weise. Nicht umsonst war sie auch die erste im Rat. Aber eine solche Behauptung schien ihm dann doch unsinnig zu sein. Wieso sollte die männliche Frucht nicht ausreichend Kraft haben? Es konnte nur an den Frauen liegen. Alles andere schien ihm widersinnig und unnatürlich zu sein.

Ruhig wartete der Bewahrer auf das letzte Zeichen. Die letzten Nächte hatte er bereits geduldig auf diesem Hügel verbracht. Er war sich sicher, dass zum jetzigen Zeitpunkt auch die anderen Bewahrer des Waldlandes auf einer Anhöhe standen und die zwei Monde genau betrachten würden. Noch konnte es sich alles um einen großen Zufall handeln. Aber daran glaubte Marlik nicht.

Plötzlich begann Sandull stehen zu bleiben! Genau in der Mitte von Kroohs großer hell leuchtender Kugel verharrte er. Unwillkürlich duckte sich Marlik, aus Angst der kleine Mond könnte vom Himmel fallen. Fast gleichzeitig fing der Boden unter Marliks Füßen zu beben an. Die Geschichten der Vorfahren, die man sich an den abendlichen Feuern erzählten, stimmten also! Alle Welten waren miteinander verbunden! Wenn die Bahn der nächtlichen Begleiter gestört war, wirkte sich das auch auf die anderen Welten aus. Marlik wusste nicht, wie er sich die Verbindung zwischen den riesigen Himmelskörpern vorstellen sollte. Aber im gleichen Augenblick als Sandull stehen geblieben war, hatte er bemerkt wie Pallus gebebt hatte. Vielleicht waren die großen Kugeln mit für die Menschen unsichtbaren Bändern verbunden? Das würde erklären, warum die unnatürlichen Bewegungen von Sandull auch auf Pallus spürbar waren. Sandull ruckte einige Male hin und her, als sei er unsicher was zu tun wäre, dann setzte er seine Bahn fort als wäre nichts geschehen.

Marlik atmete tief aus und drehte sich um, er hatte genügend gesehen. Es wurde Zeit! So schnell er konnte rannte er ins Dorf zurück. Dort angekommen eilte er sofort zu dem freien Platz der kreisförmig um die Wohnhütten der Andus angelegt worden war, nahm mit zittrigen Fingern das reichverzierte Krohnhorn von seinem Haken und blies dreimal so fest er konnte hinein. Der durchdringende tiefe vibrierende Ton breitete sich in der kleinen Ansiedlung aus. Marlik wusste, dass er eigentlich zuerst die Seherin hätte informieren müssen, aber Bora war vor einigen Tagen zu einer ihren Meditationen in den Wald aufgebrochen. Niemand wusste, wann sie wieder zurückkehren würde. Es blieb keine Zeit, die Andus mussten jetzt erfahren, was er gesehen hatte! Bora würde ihre Entscheidung schon noch rechtzeitig bekanntgeben. Sie hatte selbstverständlich das letzte Wort.

Marlik hängte das Krohnhorn an seinen Platz zurück und stellte sich abwartend in die Mitte des freien Platzes. Aus allen Richtungen strömten die Bewohner von Andus heran. Neugierig sahen sie Marlik an. Es kam nicht oft vor, dass der Bewahrer sie zusammenrief. Es musste sich also um etwas sehr Wichtiges handeln.

„Setzt euch", Marlik deutete mit seiner freien Hand auf den Boden. Als alle Andus platzgenommen hatten hob der Bewahrer seinen Stab und rief mit lauter Stimme, „die Zeichen der Bestimmung sind eindeutig. Ihr selbst habt in den letzten Tagen darüber gesprochen. Schließlich habt ihr sie alle gesehen und gespürt. Nur noch eines der Zeichen fehlte." Der Bewahrer schwieg und ließ seine Worte auf die Andus einwirken. „Heute Nacht stand ich auf dem Welphügel." Marlik deutete in die Richtung, aus der er gekommen war. „Krooh hat wie immer die Nacht über nicht geschlafen. Er hat wie üblich ruhig seine Runden gedreht. Sandull hat ihn umtanzt und ist dann … stehengeblieben. Der Boden unter meinen Füßen hat zu gleicher Zeit gebebt. Ihr wisst, was das bedeutet?"

Ein Raunen ging durch die Anwesenden. „Eine große Veränderung steht bevor", Marlik sprach weiter, „großes Leid droht den Waldmenschen. Ihr alle kennt die Offenbarung unserer Ahnen? Nach diesem letzten Zeichen soll sich aus jedem Volk der hoffnungsvollste Jungmann auf die Reise machen. Unserer Welt droht eine große Gefahr, der wir nur begegnen können, wenn sich alle Völker des Waldes unter einem starken, mächtigen und klugen Anführer versammeln." Marlik hob seinen Stab und zeigte mit diesem nach Norden. „Dort – in Richtung Sonnenaufgang liegt viele Tagesmärsche entfernt der heilige Berg Dahn. Auf der Hochebene seines Gipfels wird nach Ankunft der Kandidaten die Auswahl getroffen und die Inkarnation stattfinden. Nur einem aus allen Völkern wird die Ehre zuteil Allbewahrer zu werden. Es wurde uns überliefert, dass dieser Allbewahrer das Waldland schützen wird. Es gibt nur einen einzigen Tag, an dem die Wahl möglich ist. Am Morgen nach Phandus, des Tages des großen Waldfestes, bescheinen unseren beiden Sonnen Tham und Rham gleichzeitig eine heilige Stelle auf dem Berg Dhan. Im Zentrum der zusammentreffenden Sonnenstrahlen wird der neue Allbewahrer, wenn er denn für würdig empfunden wird, die Kraft empfangen die notwendig ist, um das Waldland und all seine Sippen zu beschützen."

„Wer wird der Auserwählte sein?", Kraith ein großer muskulöser Mann war aufgesprungen und blickte herausfordernd in die Runde. „Ich denke, dass es der stärkste und mutigste Mann unserer Gemeinschaft werden sollte."

„Du sprichst von dir Kraith?", eine alte brüchige zittrige Stimme erschall. Sofort drehten sich alle Versammelten um. Bora kam langsam näher. Die alte Seherin brauchte einige Zeit, bis sie neben Marlik stand. Die beiden nickten sich respektvoll zu. „Entschuldige Bora, dass ich die Versammlung ohne deine Zustimmung einberufen habe. Mir war nicht bekannt, dass du schon wieder zurück bist. Ich wollte lediglich keine Zeit verlieren. Selbstverständlich obliegt dir ..."

Die alte Frau winkte ab. Sie musterte die Versammlung, nahm ihren krummen Wanderstab und zeigte mit diesem auf Kraith. „Ich habe dich vorhin etwas gefragt junger Mann." Ihre Stimme klang jetzt laut und deutlich über den Platz. Bei den Worten junger Mann verzog Bora etwas abfällig ihr Gesicht. „Möchtest du der Seherin denn nicht antworten?"

„Entschuldige Bora", antwortete der Angesprochene hastig, „ich wollte deiner Entscheidung selbstverständlich nicht vorgreifen." Kraith verbeugte sich hastig und setzte sich wieder hin.

„Bringt mir meinen Stuhl", Bora wandte sich an die in der Nähe sitzenden Männer. Rasch standen einige von ihnen auf und eilten zur Hütte der Seherin. Sie kamen mit einem reichverzierten Stuhl aus Buhlholz zurück. Ächzend setzte sich Bora. Beide Hände von ihr umklammerten den Wanderstab. „Auch ich habe selbstverständlich die Vorzeichen gesehen. Aus diesem Grund habe ich mich vor einigen Tagen in die Einsamkeit unserer Wälder zurückgezogen. Ich brauchte Zeit für mich, um abzuwägen. Denn ich weiß, dass die Entscheidung, welcher unserer Männer sich auf die lange Reise machen wird, sehr gut überlegt sein muss", mit zusammengekniffenen Augen blickte sie die Versammelten an, „es geht hier nämlich nicht um einen Wettstreit zwischen den einzelnen Völkern. Einem eurer kindlichen Wettkämpfe zwischen Heranwachsenden. Nein", mahnend hob die alte Frau eine ihrer Hände, „es geht um den Fortbestand aller Lebewesen unseres Waldes, auch um die weiten Gebiete außerhalb unseres Lebensraums. Ganz Pallus ist bedroht. Deshalb ist die Auswahl sehr genau abzuwägen. Ich denke, dass ich eine gute Wahl getroffen habe."

Bora schloss ihre Augen und schwieg. Alle Anwesenden starrten sie erwartungsvoll an und warteten bis sie den Namen des Auserwählten nennen würde. Schließlich öffnete die Seherin wieder ihre Augen, nahm ihren Wanderstab und zeigte damit auf einen schmächtigen jungen Mann. „Unser Volk wird von Lordi vertreten werden."

Marlik erstarrte. Diese Entscheidung würde ihm Bora erklären müssen. Er zweifelte nicht an ihren guten Beweggründen ... aber warum ausgerechnet Lordi?

„Das ist ein Witz!", wütend war Kraith erneut aufgesprungen. „Das ist keine gute Wahl Bora. Lordi ist schwach und ..."

„Wage es nicht, dein Wort gegen die Seherin zu erheben!", Bora richtete sich auf. Es erstaunte alle wie behände die alte Frau sein konnte. Jetzt donnerte ihre Stimme so kraftvoll und mächtig über den Platz, dass einige der Anwesenden unwillkürlich zurückwichen. Kinder drängten sich ängstlich an ihre Eltern. Die Augen der alten Frau hatten sich auf das doppelte ihrer normalen Größe ausgedehnt. Sie leuchteten gelb und gefährlich. „Weißt du junger Wicht eigentlich welche Aufgaben auf den zukünftige Allwahrer warten? Glaubst du wirklich, dass es nur die rohe Kraft sein wird. Du hast überhaupt keine Ahnung – Walur! Wenn du eines Tages erfahren wirst, was der Allbewahrer auf sich nehmen muss, wirst du mir dankbar sein." Kraith errötete vor Zorn, nachdem ihn Bora mit dem kriechenden blinden Erdbewohner verglichen hatte. Er bemerkte die Blicke der Anwesenden auf sich und senkte beschämt seinen Kopf. Widerworte gegen die Seherin waren eine große Unhöflichkeit und zeigten von Unreife. Mühsam beherrscht drehte Kraith sich um und ging in Richtung seiner Hütte davon.

Bora zeigte mit ihrem Stab auf Lordi, „und du kommst jetzt mit mir." Zitternd stand der schmächtige junge Mann auf. Fast schon entschuldigend wandte er sich an die um ihn herumsitzenden Stammesmitglieder. „Ich …", stotterte er, „es tut mir leid, ich wollte das nicht." Als er die skeptischen und teilweise zweifelnden bis spöttischen Blicke der übrigen Männer sah, verstummte er. Alles, was er hätte sagen können, würde momentan sicher nicht zu seinen Gunsten ausgelegt werden. Mit gesenktem Kopf schritt er unbeholfen neben Marlik her. Die beiden folgten der Seherin, die sich langsam in Richtung auf ihre Hütte zu bewegte.

Marlik war tief in seine Gedanken versunken. Er versuchte die Wahl von Bora zu verstehen. Sie bliebt ihm aber unverständlich. Als sie in der Hütte waren, deutete Bora auf den mit Decken ausgelegten Boden. „Setzt euch." Dann verließ sie nochmals kurz die Hütte und sah sich um. Die Andus waren von Natur aus sehr neugierig. Die Seherin wollte sichergehen, dass sie von ihnen nicht belauscht wurden. Zurück in ihrer Behausung setzte sie sich zu den beiden Männern und musterte sie. Bora holte tief Luft, bevor sie zu sprechen begann. „Ich bin in der geheimen Höhle der Seherinnen tief in mich gegangen und habe versucht einen Blick auf die Bilder zu werfen die vor uns liegen. Die Gefahr, die auf uns zukommt, kann ich nicht beschreiben. Aber ich habe während meiner Trance begriffen, dass wir für die Person des Allbewahrers jemanden aussuchen müssen, der über Klugheit, Zähigkeit, Ausdauer, aber auch Güte, Verständnis und Mitleid verfügt. Rohe Kraft wird uns in diesem Fall nicht weiterbringen. Lordi, falls die Wahl des Allbewahrers auf dich fällt, bin ich überzeugt davon, dass du deine zukünftige Macht zum Wohl des Waldes einsetzen wirst. Das ist es nämlich was zählt: Das Wohl der Gemeinschaft, nicht die einer kleinen Sippe oder gar die persönliche Macht. Glaub mir, ich bin überzeugt davon, dass du die beste Wahl bist."

„Ich möchte das nicht Bora", der junge Mann schüttelte bedrückt seinen Kopf.

„Ich weiß Lordi, aber du hast diesmal leider keine andere Wahl", Bora lächelte und berührte zärtlich die Wange des Mannes. „Diesmal kannst du nicht davonlaufen und abwarten, bis die Gefahr vorbei ist. Du musst etwas mehr Vertrauen in deine eigenen Fähigkeiten haben Lordi. Außerdem wirst du nicht allein reisen. Begleiten werden dich Klora und Kraith."

Nachdem Lordi die Hütte verlassen hatte, blickte Bora Marlik an. „Keine Angst Bewahrer, ich werde den drei folgen und versuchen sie zu beschützen."

Marlik musterte die Seherin neugierig, „warum nimmst du die Last einer solchen langen Reise auf dich Bora?" „Es ist mir wichtig, dass Lordi unbeschadet ans Ziel kommt. Unser aller Wohl hängt davon ab. Die Zukunft des Waldlandes ist in großer Gefahr. Vielleicht sind wir eine der letzten Generationen von Waldmenschen, die hier gelebt haben. Und Marlik", Bora lächelte verschmitzt, „glaub mir, ich sehe älter aus als mein Körper ist. Ich habe noch genügend Kraft in mir, um tätig zu werden." Marlik nickte verständnisvoll, „beantwortest du mir auch, warum du Klora und Kraith als Begleiter ausgesucht hast?"

„Der Bewahrer ist heute wieder sehr neugierig", Bora lächelte müde, „Klora wird meine Nachfolgerin werden. Sie kann ihre Ausbildung während der langen Reise fortsetzen. Kraith … ist sicher der Mutigste und Stärkste unter uns. Ich hoffe es nicht, aber vielleicht werden die drei gerade diese Tugenden auf der Reise benötigen. Ich selbst komme ganz gut zurecht."

Marlik lächelte verständnisvoll, „nun ich denke, so ganz wehrlos wirst du auf deiner Reise nicht sein. Dein Katzenmann wird dir sicherlich folgen."

Erschrocken fuhr Borla hoch, „was weißt du von …?" Marlik winkte ab, „wir Bewahrer sind zwar nicht so mächtig wie die Seherinnen Bora, aber auch wir haben unsere Möglichkeiten." Lächelnd verließ Marlik Boras Hütte, er war mit sich zufrieden. Es kam äußerst selten vor, dass die Seherin sprachlos war.

3

Lordi, Kraith und Klora brachen bereits in der Morgendämmerung auf. Marlik begleitete sie bis zum Kohrbach. Das war eine natürliche Grenze der Andussiedlung in Richtung zum Berg Dahn. Marlik führte sie zu dem Pfad, den sie für die nächsten Tage einschlagen sollten und kehrte dann, nach dem er ihnen noch einige gutgemeinte Ratschläge gegeben hatte, zurück. Er hatte allerdings kein gutes Gefühl dabei die drei jungen Andus allein auf eine solche Reise zu lassen. Aber Bora hatte sicher recht: Irgendwann war es Zeit erwachsen zu werden. Und es gab keinen besseren Zeitpunkt als jetzt.

Es war bereits gegen Abend, als Marlik wieder in die Nähe der Andussiedlung kam. Der Bewahrer hing seinen Gedanken nach, als er Bora entdeckte, die ihm langsam entgegenkam. Sie trug lediglich einen Wasserschlauch, den sie sich um die Schultern gehängt hatte. Sie nickte ihm freundlich zu, „ich werde den drei jetzt folgen."

„Warum bist du nicht gleich mit ihnen gegangen? Du holst sie doch niemals mehr ein." Marlik wollte nicht unhöflich gegenüber Bora sein. Aber deren hohes Alter hatte zwangsläufig zur Folge, dass sie wesentlich langsamer vorankam als die drei und zusätzlich sicherlich immer wieder Ruhepausen benötigte.

Die Seherin lächelte versonnen, „die drei müssen ihren Weg allein gehen. Sie müssen lernen selbständig zu handeln und gemeinsam Entscheidungen zu treffen. Außerdem kommt es mir nicht auf das Einholen an Marlik. Ich muss nur rechtzeitig bei den drei sein, falls ich benötigt werde."

Marlik nickte, der Bewahrer wusste, dass er der Seherin keine stichhaltigen Argumente liefern konnte. Vorsichtig blickte er sich um, „ist … er in der Nähe?"

Bora lächelte, „ich bin gut beschützt Marlik, wenn du das wissen willst und jetzt kehre bitte zu den Andus zurück. Einer von uns muss auf das Dorf aufpassen. Ich kümmere mich darum, dass das Waldland einen Allbewahrer bekommt, der es wirksam schützen wird."

„Glaubst du eigentlich wirklich, dass Lordi die Prüfungen überhaupt bestehen kann?", Marlik blickte Bora zweifelnd an.

Die Seherin nickte lächelnd, drehte sich um und schritt ohne weitere Worte tiefer in den Wald hinein.

Marlik sah ihr eine Weile nach. Als ihre Silhouette endgültig in der aufkommenden Dunkelheit im dichten Wald verschwunden war, presste er die Lippen zusammen und drehte sich entschlossen um. Seine Aufgabe war den Wald und die Andus zu beschützen. Sollte Bora ruhig eine solch beschwerliche Reise auf sich nehmen. Er würde hier in nächster Zeit wahrscheinlich genug zu tun bekommen.

Die Seherin war in der Zwischenzeit bei dem kleinen Pfad den vor einigen Stunden Lordi, Kraith und Klora eingeschlagen hatten angekommen. Wie aus dem Nichts tauchte plötzlich Gordo aus dem Dickicht auf. Der Katzenmann richtete sich nach einer Weile auf und ging dann auf seinen Hinterläufen neben Bora her.

„Ich habe eine Bitte an dich?", die Seherin berührte Gordo sacht. Zärtlich strich sie über sein seidenweiches Fell. „Könntest du bis zum Ende des Waldlandes eilen und mir berichten, was du dort siehst?"

Gordo nickte, knurrte ein kaum verständliches „ja" und kippte unterm Laufen, ohne das geringste Geräusch zu verursachen in das Unterholz und war kurz darauf verschwunden. Bora lächelte, das war das Schöne an ihrer Beziehung zu Gordo, es bedurfte nicht vieler Worte und langen Erklärungen wie bei den Waldmenschen. Gordo würde in einigen Tagen plötzlich wiederauftauchen und ihr Bericht erstatten. Wie er die riesige Strecke so schnell bewältigte und vor allem wie es ihm anschließend gelingen würde sie in dem riesigen Waldland wieder zu finden, würde eines seiner Geheimnisse bleiben.

Langsam und bedächtig lief die Seherin weiter. Der Weg zum Berg Dahn würde einige Tage dauern. Bora wusste sehr genau, dass sie sich ihre Kräfte gut einteilen musste. Es hatte keinen Sinn sich frühzeitig zu verausgaben. Ruhig verfiel sie in einen gleichmäßigen Gang. Sie lief bis weit in die Nacht hinein und hielt erst an, als Krooh und Sandull ihren höchsten Stand am nächtlichen Himmel erreicht hatten. Eigentlich wollte sich Bora jetzt hinlegen, um etwas zu ruhen. Aber ihre feine Nase roch etwas. Sie schnupperte, Rauch lag in der Luft. Der Wind wehte in ihre Richtung. Das bedeutete, dass vor ihr jemand ein Feuer angezündet hatte. Und zwar dummerweise eines mit nassem Holz! Wie konnte man nur so unvorsichtig sein!

Sollten Lordi und Kraith so unüberlegt gehandelt haben und jegliche Achtsamkeit vergessen haben? Nein, Klora war vernünftig und hätte die beiden Männer sicher darauf hingewiesen, dass sie mit dem Feuer und seinem Rauch nur auf sich aufmerksam machen würden. Die Frage war ob die Männer, vor allem Kraith, auf Kloras Rat hören würden. Sie war noch keine fertig ausgebildete Seherin. Ihre Worte waren deshalb nur Empfehlungen.

Bora schüttelte enttäuscht ihren Kopf. Es war so weit entfernt von einer menschlichen Ansiedlung sehr gefährlich in der Nacht nicht ausreichend wachsam zu sein. Allerlei für Menschen gefährliche Tiere gingen in diesen Stunden auf die Jagd. Bei starkem Hunger ließen sie sich von einem Feuer sicherlich nicht aufhalten. Ganz im Gegenteil es würde sie anlocken. Außerdem gab es auch etliche aus ihrer Gemeinschaft ausgestoßene Waldmenschen, die von einem einzelnen Feuer angezogen wurden. Wenn Klora in deren Hände fallen würde ... Bora wollte gar nicht daran denken.

Die alte Seherin verließ den schmalen Pfad und eilte in den Wald hinein. In der dunklen Geborgenheit der großen Bäume lief sie so schnell es ihr möglich war weiter parallel zum Pfad in die Richtung, in der das Feuer brennen musste. Nach einer Weile konnte man ein kleines Lager erkennen. Um das Feuer lagen in Decken gehüllt zwei Männer. Dem Muster der gewebten Wolle nach waren es Angehörige des Kranzvolkes. Bora musterte aus der Dunkelheit heraus die beiden Männer, die tief und fest schliefen. Sie waren noch sehr jung, dem herumliegenden Gepäck nach hatten sie eine weite Reise geplant. Bora nickte verstehend. Auch die Kranz hatten also zwei aus ihren Reihen auf die lange Reise zum Berg Dahn gesandt. Bora schüttelte den Kopf, bei der Unvorsichtigkeit der beiden Männer war es verwunderlich, dass diese unversehrt überhaupt bis hierhergekommen waren. Ob es die beiden aber bis zum Berg Dahn schaffen würden bezweifelte Bora.

Die beiden jungen Männer schliefen tief und fest. Bora kniete sich neben das Feuer, schob mit ihren Händen die umliegende Erde zu sich her und streute es langsam und vorsichtig über die Flammen. Aufgrund des Sauerstoffmangels erloschen diese nach einer Weile. Bora zog sich zurück. Die beiden Männer hatten nichts bemerkt, sie schliefen immer noch tief und fest. Die alte Seherin schüttelte verständnislos ihren Kopf über so viel Leichtsinn. Wenn man zu zweit im Wald unterwegs war, bot sich eine abwechselnde Nachtwache von selbst an. Jeder von den beiden hätte dann immer noch ausreichend Schlaf bekommen. Bei der Unvorsichtigkeit der beiden konnte passieren, dass sie nie mehr aufwachen würden.

Bora lief wieder in den dichten Wald hinein und suchte sich einen passenden Dornbusch. Vorsichtig schob sie mit ihrem Wanderstab die langen stachligen Zweige beiseite. Lächelnd nickte sie, wie so häufig befand sich hinter der äußeren dornigen Wand des Busches ein Stück freie Erde, die völlig stachelfrei war und ausreichte, um einen menschlichen Körper zu verbergen. Dieses Mysterium gehörte zum geheimen Wissen der Seherinnen. Es wurde wie so viele andere Arkana[1] des Waldlandes mit den anderen Waldmenschen nicht geteilt. Für die Seherinnen war es überlebenswichtig einen Wissensvorsprung vor den einfachen Menschen zu haben. Es hatte in den dunklen Zeiten nämlich immer wieder Aufstände gegen die Gilde der Seherinnen gegeben. Vor allem einige Männer hatten immer wieder gegen die Herrschaft der Frauen aufbegehrt. Viele von ihnen waren grausam gefoltert und getötet

---

[1] Geheimnisse

worden. Auf der Flucht vor dem Mob hatte sich so manche von den Seherinnen hinter einer der undurchdringlichen Dornbuschwände verborgen. Kein Waldmensch wäre auf den Gedanken gekommen, dass sich ausgerechnet hinter dem scheinbar undurchdringlichen stachligen Dickicht das Versteck einer Seherin verbarg.

Bora legte sich hin, schloss ihre Augen und schlief mit der Gewissheit gut geschützt zu sein nach kurzer Zeit ein.

4

Am frühen Morgen führte Boras Weg zunächst noch tiefer in den dichten Wald hinein. Sie wusste genau, je weiter sie sich von den alten Pfaden, die zumeist an den Bächen entlangführten, entfernte, desto weniger würde sie auf Waldmenschen treffen. Diese hielten sich üblicherweise streng an die Waldregel kein unbekanntes oder unberührtes Gebiet zu betreten. Dieses Gebot hatte dazu geführt, dass große ausgedehnte Waldgebiete noch weitgehend unberührt waren. Außerdem hatte das den Vorteil, dass die Seherinnen schneller von einem Ort zum anderen kamen, da für sie die Regel der alten Pfade nicht galt und sie damit keine Umwege gehen mussten, sondern direkt auf ihr Ziel zueilen konnten.

Bora hielt unterwegs nach einen Buhlholzbaum Ausschau. Als sie einen fand, begann sie an seinem Stamm zu graben und förderte nach einer Weile einige gelbliche Pilzknollen hervor. Vorsichtig wischte die alte Seherin die Pflanzen sauber. Herzhaft biss sie in eine hinein und spürte bereits nach wenigen Bissen, wie durch ihren Körper eine wärmende Kraft floss. Die kraftspendenden Knollen wuchsen nur im Wurzelbereich des Buhlholzbaumes. Verloren geglaubte Energien kamen zurück und Bora machte sich frisch gestärkt wieder auf den Weg.

Sie verließ ihre bisherige Richtung und entfernte sich in der entgegengesetzten Richtung zu dem Weg den Lordi, Kraith und Klora eingeschlagen hatten. Boras Ziel war das geheime Archiv der Seherinnen, das gut versteckt im tiefsten Dickicht des Waldlandes lag. Sie wollte sich dort auf die Wahl des Allbewahres vorbereiten. Das letzte Mal, dass eine solche Wahl nötig gewesen war, lag schon viele Generationen zurück und Bora bezog ihr bisheriges Wissen darüber nur aus den Geschichten der Alten. Verlässliche und unverfälschte Berichte gab es nicht. Jeder Geschichtenerzähler hatte wie üblich seine Darstellung der Geschehnisse mit eigenen fantastischen Gedanken weiter ausgeschmückt. Von den ursprünglichen Berichten war aufgrund dieser individuellen Ergänzungen deshalb nicht mehr viel übriggeblieben.

Im Archiv konnte sich Bora aus dem gesammelten Wissen der verstorbenen Seherinnen heraussuchen, was in der aktuellen Situation nötig war, um die Waldmenschen und die so wichtige sie umgebende Natur zu schützen. Anschließend musste sie sich wieder in Richtung des Berges Dahn wenden. Da Lordi und seine Begleiter eine wesentlich längere Wegstrecke vor sich hatten, hoffte Bora die drei, trotz ihres Abstechers zum Archiv der Seherinnen, noch vor deren Ankunft am Berg Dahn einzuholen.

Während die Seherin der Andus durch die Stille des unberührten Waldes lief, befanden sich die drei jungen Stammesmitglieder, die sie auf die lange Reise zum Berg Dahn geschickt hatte, in großer Gefahr.

Lordi, Kraith und Klora waren in aller Frühe weitermarschiert. Ausschlaggebend war dafür gewesen, dass Klora darauf drängte, sich von der Stelle, an der sie übernachtet hatten, soweit wie möglich zu entfernen. Die junge Frau konnte ihr Gefühl nicht genau beschreiben, aber irgendetwas befand sich in der Nähe, dass sich äußerst negativ auf ihre sensiblen Sinne auswirkte. „Ich spüre Gefahr für uns. Große Gefahr! Wir sind hier nicht allein. Kommt!" Sie trieb ihre zwei Gefährten zu immer schnellerem Tempo an. Wenn sie kurz anhielten, um sich zu erholen und Klora dabei in sich hineinhörte, konnte es sein, dass das bedrohende Gefühl schwächer geworden war, dann aber wieder rasch anstieg. „Etwas verfolgt uns", stellte Klora bestürzt fest und lief erneut los. Lordi folgte ihr,

Kraith sah sich suchend um und umklammerte seinen dicken Wanderstab, den er sehr gut als Waffe benutzen konnte.

Kraith bildete die Nachhut der drei und blieb immer wieder stehen, um sich umzusehen. Allerdings konnte der junge Andu keine Verfolger feststellen. Trotzdem zweifelte er Kloras Worte nicht im Geringsten an. Ihre Ausbildung zur Seherin war bereits weit fortgeschritten. Wenn sie behauptete, dass sich ihnen etwas Fremdes und Gefährliches näherte, gab es daran keinerlei Zweifel. Aber was konnte es sein, dass sie so hartnäckig verfolgte?

Als Klora das nächste Mal stehen blieb, um kurz etwas zu verschnaufen, sagte Kraith entschlossen, „so hat das auf die Dauer keinen Sinn. Wir müssen feststellen was uns verfolgt, vielleicht können wir dann etwas dagegen unternehmen. Ihr beide lauft weiter auf dem Pfad. Ich verstecke mich hinter dem Felsen dort und komme nach, sobald ich unseren Verfolger gesehen habe."

Bevor Lordi etwas zu dem Vorschlag sagen konnte, griff ihn Klora an der Hand, „komm, die Gefahr nähert sich erneut. Ich fürchte mich." Die beiden liefen rasch weiter. Kraith duckte sich hinter einem mannshohen Felsen und starrte den Weg zurück, den sie gerade gekommen waren. Kraith war einer der mutigsten jungen Andusmänner und ging einer Mutprobe nie aus dem Weg. Aber im Augenblick war ihm schon etwas mulmig zumute. Es war ein Unterschied mit einer Gruppe von Männern unterwegs zu sein, oder ganz allein in einem unbekannten Gebiet auf eine sich nähernde unbekannte Gefahr zu warten.

Noch war nichts zu sehen, aber es roch … süßlich. Extrem süßlich! Kraith erstarrte, eine böse Vorahnung ergriff ihn. Seine Nackenhaare stellten sich auf, ihm wurde kalt. Sollten sie tatsächlich auf einen Olkh getroffen sein? Das waren böse und äußerst primitive Wesen aus der frühesten Zeit des Planeten. Einige dieser Fressmonster hatten im Waldland überlebt. Olkh hatten die Gestalt von riesigen Würmen. Waren oft mehrere mannsgroß, ohne erkennbare Gliedmaße, aber mit einem riesigen stets geöffneten Maul. Aus diesem tropfte ohne Unterlass brauner süßlich stinkender Geifer.

Das besondere an diesen urwüchsigen Wesen war, dass sie, wenn sie einmal eine Witterung aufgenommen hatten, solange hinter ihrem Opfer herliefen, bis sie es erlegt hatten, oder bis sie selbst besiegt worden waren. Den einzigen Vorteil, den die Opfer der Olkhs hatten, war, dass diese Riesenwürmer nicht besonders schnell waren. Dafür ließen sie sich aber bis zur finalen Entscheidung nicht mehr abschütteln. Kraith musste an die Abenteuer von Harth[2] denken. Das war eine der beliebten Geschichten, die an den abendlichen Feuern gerne den Anduskindern erzählt wurde. Kraith erinnerte sich, wie auch er als Kind mit offenem Mund und weit aufgerissenen Augen der Geschichte zugehört hatte.

Der süßliche Geruch nahm weiter zu und hing bereits schwer in der Luft. Kraith sah, wie sich die Baumwipfel bewegten. Als schlängelte sich dort etwas vorbei. Konnte der Olkh so groß sein? Dann wäre es tatsächlich das monsterhafte Ungeheuer aus den Erzählungen der Alten.

Plötzlich wurden die Bäume auf die Seite geschoben und ein unglaublich großer wurmartiger Körper bannte sich seinen Weg daraus. Kraith brauchte einige Zeit, bis er sich von seinem Schreck erholt hatte, dann rannte er so schnell ihn seine Füße tragen konnten hinter Klora und Lordi her.

---

[2] vgl. Anhang: Die Buhlbaumrollen

5

„Es ist ein Olkh", keuchend erreichte Kraith endlich Klora und Lordi und rannte an ihnen vorbei, während er nach Luft ringend schrie: „Schnell folgt mir, das Ungeheuer ist schon ziemlich nah. Wir müssen weg von hier und eine größere Entfernung zwischen uns bringen, nur dann haben wir überhaupt eine Chance." Die Worte wurden von Kraith abgehackt ausgestoßen, da er außer Atem war.

Klora und Lordi sahen sich entsetzt an. Ein Olkh! Ausgerechnet eines der Ungeheuer aus der Vorzeit! Die beiden rannten Kraith so schnell sie nur irgendwie konnten hinterher. Dieser folgte dem bisherigen eingeschlagenen Pfad. Es war verboten die alten Wege zu verlassen. Außerdem hätte das nichts gebracht. Kraith suchte nach einer Möglichkeit, um den Olkh etwas abzuschütteln. Sie konnten ihm zwar nicht entkommen, aber sie mussten unbedingt etwas Zeit gewinnen, um dann gemeinsam zu überlegen was weiter zu unternehmen war. Der Bach neben dem Pfad, dem sie entlangliefen, führte in eine enge Schlucht. Kraith blieb plötzlich stehen. Lordi wäre fast in ihn hineingerannt. „Was ist?"

„Wir steigen hier hinauf?", Kraith deutete hektisch auf die steile Felsenwand. Lordi sah ihn entsetzt an, „aber warum denn, der Olkh wird uns einholen, wenn wir zu viel Zeit vertrödeln." „Nein Lordi, Kraith hat recht", mischte sich Klora schwer atmend ein. Sie ging in die Knie, so ausgepumpt war sie. „Erinnerst du dich nicht an die alten Geschichten? Ein Olkh weicht von der Spur nicht mehr ab. Er wird uns also überall hin folgen, egal welchen Weg wir einschlagen werden. Wir können nur Zeit gewinnen, wenn wir ihm die Verfolgung so schwer wie möglich machen."

„Ja", Lordi nickte, jetzt erinnerte er sich auch an diese Geschichten. „Olkhs können nur sehr schwer klettern." „Genau", Kraith untersuchte die Felsenwand, „es wird eine lange Zeit dauern, bis das Monster hier hinaufkommen wird. Wir gewinnen damit Zeit. Hier", er schlug mit seinem Stab entschlossen auf einen kleinen Felsvorsprung, „beginnen wir." Kraith überprüfte den festen Sitz seines Wandersacks, den er auf dem Rücken trug. Dann stieg er behände die steile Wand hoch. Es begann eine gefährliche und kräftezehrende Kletterei. Immer wieder mussten Klora und Lordi abwarten, bis Kraith eine Möglichkeit gefunden hatte weiterzusteigen. Manchmal war es notwendig, dass er seinen langen Stab nach unten streckte und Klora oder Lordi ein Stück zu sich hochzog.

Gerade als sie oben am Rand der Schlucht erschöpft zu Boden sanken breitete sich in der Luft ein süßlicher Duft aus. Vorsichtig schoben die drei sich auf dem Bauch liegend an den Rand des Abhangs und blicken hinunter. Es war ein schrecklicher Anblick. Ein riesiges Maul reckte sich ihnen hungrig entgegen. Der Körper groß wie mehrere Männer. Aus dem Maul tropfte brauner Geifer. Kleine rote Augen fixierten sie böse. Der wurmartige Körper schwankte hin und her, dann reckte sich der Kopf soweit nach oben wie er konnte, und stieß einen lauten urtümlichen Schrei aus, dem abrupte Stille folgte.

Die ganze Umgebung schien in Starre zu verfallen. Kein Rauschen war mehr zu hören. Das ständige Zirpen und Gezwitscher der zahlreichen Vögel waren mit einem Schlag verstummt. Klora hatte die Augen geschlossen, Lordi presste seinen Kopf fest an den Boden, lediglich Kraith versuchte den Blick weiter nach unten zu richten. Der Olkh konnte sich nicht lange in dieser aufrechten Haltung halten und fiel zu Boden, wütend knurrte er und schlug zornig um sich. Die Bäume, die in seinem Weg standen, schlug er in seiner Raserei in Stücke. Dann presste er sich an die steile Wand und versuchte einen Weg nach oben zu finden. Nach einer Weile rutschte er wieder ab, aber sofort begann er erneut einen Weg zu suchen.

Kraith wusste, dass der Olkh dies so lange machen würde, bis er die Schlucht überwunden hatte. Er würde niemals einen anderen Weg versuchen, oder sich ein anderes Opfer suchen.

„Rasch auf, wir müssen von hier weg. Das Ungeheuer ist zum Glück jetzt eine Zeitlang beschäftigt."

„Wartet", Klora hatte sich aufgerichtet und klopfte sich den Schmutz von ihrem Umhang. „Wenn wir einen Ort finden, wo ich einige Stunden Ruhe finden kann, könnte ich versuchen eine Seherin zu erreichen. Vielleicht kann sie uns helfen." „Kannst du denn schon die unsichtbaren Gedanken senden und empfangen?", Kraith sah Klora fragend an. Diese nickte, „ja, meine Ausbildung zur Seherin ist eigentlich beendet. Diese Reise sollte den Abschluss darstellen."

„Was meinst du?", Kraith sah Lordi fragend an. Dieser runzelte lächelnd seine Stirn, hatte ihn Kraith gerade tatsächlich um Rat gefragt? Rasch antwortete er, „alles, was ich über Olkhs weiß, ist, dass dieses Monster dort unten uns verfolgen wird, bis es uns gefressen hat. Vielleicht kann uns eine der Seherinnen tatsächlich helfen?"

„Gut", Kraith sah sich bereits suchend um. „Die Geschichte von Harth[3] lehrt uns zwar etwas anderes. Aber vielleicht haben wir Glück. Ich schlage vor, dass wir auf diesem felsigen Gelände weiterlaufen. Auf diesem Untergrund kommt der Wurm nicht so gut voran. Gegen Abend gehen wir etwas in den Wald hinein. Es ist ein Notfall", fügte er rasch hinzu, als er Lordis besorgten Blick sah. „Wenn man bedroht ist, darf man den Schutz des Waldes aufsuchen. Wir suchen uns einen geschützten Platz und Klora kann versuchen, ob sie über die Gedankenwege eine Seherin erreichen kann."

Sie liefen weiter. Dabei verfielen sie in den leichten Trab, der den Waldmenschen eigen war. Nach einer Weile führte sie Kraith vom Pfad weg in den dichten Wald hinein. Dabei eilte er weiter in der von ihnen ursprünglich eingeschlagenen Richtung und sah sich suchend um. Doch nicht er entdeckte einen geeigneten Rastplatz, sondern Lordi. „Dort drüben die zwei großen Lardbäume. Wir könnten in ihren Wipfeln ausruhen."

Kraith wechselte sofort zu den beiden Bäumen hinüber. Es ärgerte ihn, dass er nicht selbst daran gedacht hatte. Lardbäume bildeten

---

[3] vgl. Anhang: Die Buhlbaumrollen

an ihren Wipfeln dichte Laubnester. Diese waren so stabil, dass man sie ohne Risiko als Schlafgelegenheit benutzen konnte.

Als die drei den ersten Lardbaum erreicht hatten nahmen sie ihre Stäbe und klopften an den Stamm. Das Problem war, dass diese Bäume auch oft von den Bründis als Familiennester benutzt wurden. Die Vibrationen durch die Schläge mit den Stäben verursachten in den Nestern ein unangenehmes Rauschen. Falls Bründis hier gewesen wären, hätten diese die Nester jetzt schimpfend und keifend verlassen. Es blieb aber alles ruhig, anscheinend hatten sie Glück. Kraith übernahm erneut die Führung und kletterte als erster an dem Stamm hoch. Klora folgte und Lordi bildete, nachdem er sich vergewissert hatte, dass niemand ihnen folgte, den Abschluss.

Behände kletterten die drei bis zu den ersten Laubnestern hoch. An den ersten stiegen sie vorbei. Kraith wollte sichergehen, dass von den weiter oben gelegenen Nestern keine Gefahr ausging. Schließlich kamen sie an einer größeren Mulde vorbei, die geschützt unter einem Blätterdach lag. „Hier bleiben wir", entschied Kraith und zeigte auf die weiche Fläche. „Ich klettere noch weiter nach oben, wo ich den ganzen Baum überblicken kann, damit wir sicher sind, dass uns von dort keine Gefahr droht."

Klora und Lordi betraten die schwankende Fläche und gingen vorsichtig bis zu ihrer Mitte. Dort sanken sie noch etwas ein. Nach einer Weile reagierten die unzähligen Ausläufer des Lardbaumes auf die entstandene Belastung und verbanden sich noch fester miteinander. Jetzt konnte sie ohne Bedenken dieses Nest als Schlafplatz nutzen. Schweigend warteten die beiden bis Kraith wiederkam. Der tauchte nach einer Weile auf, ließ seinen Wandersack vom Rücken gleiten und nickte grinsend, „alles klar, ich war ganz oben. Der Lardbaum ist unbewohnt. Wir sind hier ungestört."

Erschöpft machten sie es sich auf dem weichen Boden bequem. Kraith öffnete seinen Wasserschlauch und sie tranken begierig davon. Als er einige Früchte herumreichte, griff nur Lordi zu. Klora winkte ab und griff nach ihrem eigenen Wandersack. „Ich werde jetzt versuchen über die Gedankenwege eine der Seherinnen zu erreichen. Vielleicht kann sie uns einen Ratschlag geben, wie wir dem Olkh entkommen können."

Die junge Frau, fast noch ein Mädchen, suchte sich eine etwas abseits gelegene Stelle und machte es sich dort bequem.

„Was meinst du, wie lange können wir hierbleiben?", Lordi stellte Kraith diese Frage. Es missfiel ihm, wie dieser Klora nachsah.
„Nun, die Felsenwand wird das Monster nicht so leicht überwinden. Vielleicht haben wir einige Tage gewonnen. Aber damit sind wir dieses Ungetüm nicht los. Wir brauchen eine Lösung, die uns endgültig von dem Olkh befreit."

„Kann man ihn wirklich nicht töten?", Lordi stellte diese Frage und bereute sie sofort, als er den abschätzigen Blick seines Gegenübers sah. „Ich habe noch nie davon gehört, dass ein Olkh im Kampf getötet werden konnte. Sämtliche Treffen zwischen einem Waldmenschen und so einem Urtier endeten mit dem Tod der Menschen. Wir sollten jetzt ruhen", Kraith wechselte abrupt das Thema, „ich werde wach bleiben und du kannst mich später ablösen."

Lordi wollte widersprechen als er sah, dass Kraith aufstand und sich zum Rand des Nestes bewegte. Aber Kraith ging nicht in die Richtung in der Klora lag, sondern zum entgegengesetzten Rand und ließ sich dort nieder. Seufzend legte sich Lordi hin und schlief trotz der abenteuerlichen Ereignisse des heutigen Tages sofort ein.

Klora hatte es sich in der Zwischenzeit bequem gemacht. Aus ihrem Gepäck hatte sie einige getrocknete Blätter der jungen Triebe des Buhlholzbaumes entnommen und kaute auf diesen herum. Bald würde die gewünschte Trennung von Körper und Geist aufgrund der Wirkung des Buhlholzextrakts eintreten. Klora legte sich hin und bereitete sich darauf vor, dass sie sich lediglich Kraft ihren Gedanken mit einer anderen Seherin austauschen konnte. Wichtig war nur, dass sich diese nicht allzu weit entfernt aufhielt. Mit Bora in der heimatlichen Andusansiedlung war eine Verbindung aufgrund der weiten Entfernung leider nicht möglich.

Kontakt! Klora war überrascht. Und sie kannte diese Gedankenmuster. Mit dieser Verbindung hatte sie nicht gerechnet.

6

Bora war bereits vor den ersten Strahlen der beiden Sonnen weitergelaufen. Es war für die alte Seherin immer wieder ein großes
Wunder der Natur das Erwachen des neuen Tages in den Tiefen
des Waldes erleben zu dürfen. Wie sich nach der Frische und
Kälte der Nacht auf den leuchteten Nässetropfen, welche den bal-
digen Beginn des Tages ankündigten, langsam die Spiegelungen
der ersten Sonnenstrahlen zeigten. Der grünliche Schimmer von
Rham erschien wie immer zuerst, etwas später kamen die hellen
bläulichen Strahlen von Tham dazu. Das Farbenspiel, dass sich
an jedem Morgen auf Pallus zeigte, war einfach erhaben und ein
großes Mysterium, wenn man es, denn als solches wahrnahm.
Bora war überzeugt, dass für die meisten Waldmenschen das tägliche morgendliche Farbenspiel eine Selbstverständlichkeit war.
Sie würden darin nichts Besonderes sehen.

Als das Konzert der Vögel einsetzte, hatte sich Bora kurz hinge-
setzt und die Augen geschlossen. Eine kleine Versenkung in die
Tiefe der Gedanken[4] um die Seele reinzuhalten. Anschließend war

---

[4] Meditation

sie einige Stunden schweigend und tief in ihren Geist versunken weitergelaufen. Jetzt hatte sie ihr Ziel fast erreicht. Sie stand am Rand der Senke, an deren tiefsten Stelle ein alter knochiger Buhlbaum den Eingang zum Archiv der Seherinnen bewachte. Angeblich war es ein direkter Keimling des Urbaums,[5] des Stammbaums aller Buhlbäume. Dieser war nach den alten Aufzeichnungen der ersten Seherin von einem leuchtenden Lebewesen, dass angeblich auf den Strahlen von Krooh zu ihnen herabgelaufen war, ihrer Welt übergeben worden.

Auf jeden Fall war der Platz von der Gilde gut gewählt worden. Kein Waldmensch würde sich in die Nähe der Senke begeben. Buhlbäume waren für die Waldmenschen absolut tabu. In ihrer unmittelbaren Nähe durften sich nur Seherinnen aufhalten. Da die Senke nicht allzu groß war und die Krone des alten Buhlbaumes weite Teile der Umgebung bedeckte, war das Archiv gut vor der Neugierde der Waldmenschen geschützt.

Bora nahm ihren Wasserschlauch, öffnete diesen und trank langsam und bedächtig. Als sie ihn wieder verschloss und gerade den

---

[5] vgl. Anhang: Die Buhlbaumrollen

ersten Schritt in die Senke machen wollte verspürte sie übergangslos ein leichtes Ziehen in ihrem Kopf.

Eine der Seherinnen suchte Gedankenkontakt zu ihr! Bora legte sich gewohnheitsgemäß sofort hin, um sich besser konzentrieren zu können. Sie erkannte überrascht die Gedankenmuster. Ihre Schülerin Klora suchte über die Gedankenwege Hilfe bei den Seherinnen, die sich in ihrer Nähe befanden. Wahrscheinlich hatte Klora getrocknete junge Triebe eines Buhlholzbaums benutzt, um den Kontakt herzustellen. Bora hatte ihr selbst einen kleinen Vorrat davon in ein Walmblatt eingewickelt und mitgegeben. Klora war noch sehr jung, mit den Jahren würde sie vertrauter mit den Gedankenwegen der Seherinnen werden und keinerlei Hilfsmittel mehr benötigen.

Klora suchte Hilfe bei der Gilde. Sie hatte einen Ruf an alle erreichbaren Seherinnen gesandt. Dass sich ausgerechnet Boras Gedankenlinien mit ihr kreuzten, war ein glücklicher Zufall. Vielleicht aber auch eine Fügung des Schicksals.

„Ich höre dich Schwester", Bora antwortete der kontaktsuchenden jungen Seherin.

„Bora?" „Ja, Klora. Ich bin in deiner Nähe." Die alte Seherin war so feinfühlig veranlagt, dass sie sogar die Erleichterung in den Gedanken ihrer Schülerin erkannt hatte. „Wie kann ich dir helfen?" „Wir werden von einem Olkh verfolgt Bora. Das Monster hat seine Spur aufgenommen und verfolgt uns unnachgiebig. Gibt es denn wirklich keine Mittel, um diese Ungeheuer von der Verfolgung unserer Spur abzubringen?"

„Ein Olkh", Bora nickte verstehend. Diese Monster spürten anscheinend auch die Veränderungen, die gerade in der Natur stattfanden. Ansonsten hätte sich dieses Exemplar nicht so weit aus dem mittleren Dickicht, in dem sie sonst versteckt lebten entfernt. „Olkh sind äußerst hartnäckig und brutal", antwortete Bora langsam und bedächtig, damit ihre Botschaft von Klora auch gut aufgenommen werden konnte. „Diese Tiere aus der Urzeit von Pallus sind wie du weißt sehr primitiv und kennen nur ein einziges Ziel: Die einmal aufgespürte Beute muss gefressen werden. Erst dann machen sie sich auf die Suche nach einem neuen Fressopfer. Allerdings sind Olkhs auch sehr dumm. Es gibt deshalb auch eine Möglichkeit diese Tiere abzuschütteln. Du musst dabei aber sehr gründlich vorgehen. Folgendes …"

Die alte Seherin gab Klora in der Folgezeit genaue Anweisungen. Anschließend wollte sie noch wissen, wie die Reise bisher verlaufen war. „Haben sich Lordi und Kraith in ihre Rolle eingefunden?" „Noch nicht", es gluckste in Boras Gedanken. Klora war anscheinend amüsiert. „Aber es läuft besser als wir erwartet haben. Wir ruhen uns gerade in einem Lardbaumnest aus und werden ..."

Abrupt knickte der Kontakt ab! Bora schrie vor Schreck und Schmerz auf. Ein zu schneller Abbruch der gemeinsamen Gedankenlinien verursachte zwar nur einen kurzen, dafür aber sehr heftigen Schmerz. Ohne ersichtlichen Grund hätte Klora den Kontakt deshalb niemals auf diese Weise beendet!

Die alte Seherin stand nach dem Schock der plötzlichen Trennung langsam und etwas benommen auf und blickte bedauernd zu dem nahen Buhlbaum hinunter. Dann drehte sie sich entschlossen um und ging langsam ihren bisherigen Weg wieder zurück. Es gab jetzt Wichtigeres zu tun als das Archiv aufzusuchen! Anscheinend befand sich Klora in großer Gefahr. Sie musste ohne Bewusstsein sein, sonst hätte sie Borla geschildert was gerade geschehen war.

Die Seherin überlegte: Die drei hatten Rast in einem Lardbaumnest gemacht. Eigentlich sollten sie dort sicher sein. Es sei denn, sie wären so dumm gewesen und hätten nicht die Nester über ihnen kontrolliert. Aber das war nicht anzunehmen. Kraith hätte dies auf jeden Fall gemacht. Bora konzentrierte sich auf den Rückweg. Es hatte keinen Sinn sich jetzt zu viele Gedanken zu machen. Sie wusste derzeit noch zu wenig, um eine Entscheidung treffen zu können.

7

Klora wurde äußerst brutal aus ihrer Trance gerissen. Nur mühsam fand sie den Weg in die Wirklichkeit zurück. Sie bemerkte, wie sie Jemand mehrmals mit der flachen Hand grob ins Gesicht schlug. Die Schmerzen über den abgebrochenen Kontakt und die grobe Misshandlung durch einen … verwirrt blickte sie in, dass vor ihr auftauchende unbekannte ungewaschene mit unzähligen roten und schwarzen Warzen bedeckte Gesicht.

„Sie ist wach Poroh." Der Mann, der sie so unsanft in die reale Welt geholt hatte, richtete sich grinsend auf. „Wurde auch Zeit", grollte es hinter ihr. Ein großer unglaublich muskulöser Waldmensch der zahlreiche Hautmalereien aufwies trat in ihr Gesichtsfeld und musterte sie abschätzend. „Nun endlich ausgeschlafen? Ein bisschen jung und mager für unsere Zwecke. Wir werden dich erst füttern müssen, bevor du von Wert für unsere Ansiedlung sein wirst." Der Hüne spuckte verächtlich aus. "Egal, an Frauen herrscht im Lager immer Mangel. Bringt die drei hinunter und dann lasst uns anschließend rasch von hier verschwinden."

Klora wollte sich aufrichten, bemerkte aber dass ihr das nicht möglich war, weil sie sowohl an ihren Händen als auch an ihren Füßen gefesselt worden war.

Angehängt an ein dickes geflochtenes Seil wurde sie zu Boden gelassen. Dabei stieß sie mehrmals mit ihrem Körper hart gegen den Stamm des Lardbaumes. Als sie am Boden lag, musste sie zusehen wie Lordi und Kraith genauso rau nach unten verbracht wurden. Klora sah das Kraith aus Mund und Nase blutete, anscheinend hatte sich ihr Begleiter nicht kampflos ergeben.

Als sie dann alle drei gemeinsam am Boden lagen, wurden ihre Fußfesseln gelöst. Jeder bekam dafür ein dickes Seil um den Hals gebunden, dass mit einem der Männer verbunden war.

„Ab ... ins Lager", knurrte der Mann, den sie Poroh genannt hatten und lief los. Wohl oder übel mussten Klora, Lordi und Kraith mit ihren Kidnappern mithalten, wenn sie nicht wollten, dass ihnen das Seil schmerzhaft in den Hals schnitt und sie ins Stolpern gerieten.

Dem Verhalten dieser heruntergekommenen Individuen nach konnte es sich nur um einen Trupp ausgestoßener Waldmenschen handeln, ging es Klora durch den Kopf. Es kam leider immer wieder vor, dass ein Volk eines ihrer Mitglieder für unwürdig fand, um weiter in ihrer Gemeinschaft zu leben und es deshalb aus dem Schutz der Ansiedlung ausstieß. Allein konnte man im Wald aber nicht überleben. Die Geächteten suchten deshalb rasch den Kontakt zu anderen Ausgestoßenen. So entstanden mit der Zeit kleine Nester von Waldmenschen, die außerhalb eines Volkes lebten. Aber selbst, wenn diese Ansiedlung größer wurde, befanden sie sich weiterhin außerhalb der anerkannten Völker. Erst wenn die Gilde der Seherinnen sie wieder für würdig hielt, wurden sie erneut in die Gemeinschaft der Waldvölker aufgenommen.

Vor drei Monden war es bei den Andus zu einer Ratsversammlung gekommen. Nur Boras kluges Eingreifen hatte verhindert, dass die alte Brath verstoßen wurde. Sie hatte aus Hunger aus dem Vorratslager etwas Klaab gestohlen. Grundsätzlich bekam jedes Mitglied genügend zu essen und genau den Anteil zugeteilt, den es benötigte. Die alte Brath konnte aber wegen ihres mangelhaften Gebisses nur noch die vergorene Frucht des Klaabstrauches kauen. Als Bora dies der Gemeinschaft erklärt hatte, wurde die Anklage gegen Brath fallen gelassen. Die alte hilflose Frau wäre allein auf sich gestellt in der Dunkelheit des Waldes innerhalb weniger Tage gestorben.

Klora versuchte während des Laufes Kontakt über die Gedankenwege herzustellen. Gab dies aber bald auf. Es mangelte ihr dafür augenblicklich an der nötigen Konzentration. Vielleicht wäre es Bora in einer solchen misslichen Lage gelungen einen Hilferuf an die Gilde zu senden. Aber sie selbst war dazu noch viel zu unerfahren. Außerdem würde Bora sie daran erinnern, dass sie eine gut ausgebildete Seherin war. Wenn es wirklich um ihr Leben ging, würde sie sich entsprechend wehren können. Klora verfügte über einige Gaben, vor denen sie selbst Angst hatte und die sie deshalb nur im äußersten Notfall einsetzen würde. Noch konnten sie abwarten, was geschehen würde. Außerdem galt es unbedingt das erste Seherinnengebot zu beachten: Niemals, auf keinen Fall unnütze Gewalt anwenden!

Die Entführung endete schließlich in einem heruntergekommenen, verdreckten und völlig verwahrlosten Lager. Klora war jetzt sicher, dass sie sich in einem Dorf von Ausgestoßenen befand. Es verfügte mit Sicherheit über keinen von den Seherinnen eingesetzten

Bewahrer. Marlik hätte so einen Dreck und Schmutz niemals geduldet. Der Schutz und Respekt vor der Umwelt war die erste Waldregel.

Klora und ihre Gefährten wurden in die Mitte einer primitiven Hütte gestoßen. Aufgrund ihrer Fesselung stürzten sie unsanft zu Boden. Ringsherum saßen Waldmenschen herum, die mehr oder weniger armselig gekleidet waren und anscheinend unter Mangelerkrankungen litten. Klora kannte die Anzeichen dafür. Den Menschen fehlten hier sicherlich die Pflanzen, welche die wertvollen Bestandteile aus dem Erdboden zogen. Für die Pflanzung, Hege und Ernte dieser Pflanzen war ein ausgebildeter und erfahrener Bewahrer erforderlich.

Poroh trat in den Kreis und spuckte verächtlich aus: „Ihr haltet euch gewiss für schlau und überlegen, weil ihr in einer anerkannten Ansiedlung lebt. Wir hier sind für euch sicherlich nur ein paar armselige und verachtungswürdige Ausgestoßene. Wir wären aber niemals so dumm gewesen, es zu unterlassen auch den zweiten Lardbaum zu prüfen, ob dieser unbesetzt ist. Wir haben euch von dort aus die ganze Zeit beobachtet und mussten nur abwarten bis zwei von euch eingeschlafen waren. Ihn", er deutete auf Kraith, „zu überwältigen war dann eine Sache von wenigen Zeiteinheiten. Obwohl ich dir meinen Respekt zollen möchte für den ...“

„Ihr wart zu dritt!“, stieß Kraith verächtlich aus und bekam dafür prompt einen Fußtritt von Poroh. Dieser sprach weiter, während er auf Klora deutete, „eigentlich wollten wir nur die Frau. Es kommt äußerst selten vor, dass sich abseits der erlaubten Wege so ein Fang machen lässt. Wenn man zusätzlich zwei junge Arbeitskräfte dazu bekommt, ist das ...“

„Was palaverst du denn da schon wieder“, eine krächzende Frauenstimme unterbrach Porohs Rede. Dieser zuckte zusammen, als hätte man ihn geschlagen. Der Kreis der Anwesenden teilte sich und eine uralte Frau kam mit erhobenem Stab auf sie zu. Die herumstehenden Frauen und Männer machten ihr ehrfurchtsvoll Platz. Klora kniff die Augen zusammen, um besser sehen zu können. Sollte dieser armselige Haufen von Ausgestoßenen tatsächlich eine Seherin haben? Ganz unwahrscheinlich war das nicht. Die Gilde war im ganzen Waldland aktiv, aber ausgerechnet hier?

Poroh trat vor die drei Gefangenen hin und zeigte mit triumphierenden Händen auf sie. „Wir bringen drei Gefangene mit Baldha.

Eine ist eine junge Frau, sie kann …" Die alte Frau ließ Poroh nicht aussprechen, sondern schob den großen muskulösen Mann auf die Seite wie einen lästigen Sack voll gärenden Abfalls. Die Greisin stellte sich genau vor Klora hin. Die beiden ungleichen Frauen musterten sich abwägend. Baldha wackelte mit ihrem Kopf und murmelte etwas vor sich hin. Dann umrundete sie Klora einmal und stellte sich anschließend wieder vor sie hin. Sie schloss ihre kleinen stechenden Augen und konzentrierte sich.

In Kloras Gehirn formten sich Baldhas gedachte Worte. „Ich grüße dich junge Schwester. Du musst keine Angst mehr haben. Du stehst jetzt unter meinem Schutz. Die Waldmenschen hier sehen wilder aus als sie in Wirklichkeit sind. Es handelt sich lediglich um armselige Ausgestoßene. Sie führen ein erbärmliches Leben." „Du bist eine Seherin?", kam Kloras überraschte lautlose Antwort. „Natürlich, oder kennst du Jemanden außerhalb der Gilde, der die Gaben der lautlosen Sprache hat?"

„Aber das hier sind doch …" Glockenhelles Lachen ertönte in Kloras Gehirn. Es passte zu einem jungen Mädchen, aber auf keinen Fall zu der alten zerlumpten Frau. „Und genau deshalb bin ich hier. Die Gilde hat mich beauftragt auf diese Ausgestoßenen hier zu achten, sie zu führen und zu lenken. Es handelt sich um ein kleines Dorf. Vielleicht gelingt es uns sie wieder in die Gemeinschaft der Waldmenschen zurückzuführen."

Unruhe breitete sich unter den Versammelten aus, die nur sahen, dass sich die ungleichen Frauen gegenüberstanden. Baldha drehte sich um und musterte die herumstehenden Frauen und Männer. „Komm her!", herrschte sie Poroh knurrend an. Dieser sprang sofort nach vorne. „Entblöße sie!", Baldha zeigte auf Klora. Porohs Augen begannen zu glänzen. Mit einer raschen Bewegung riss er Kloras Umhang herunter. Gierig betrachtete er den nackten Oberkörper der jungen Frau.

„Dreh dich um", Baldha sprach Klora an. Diese tat es. „Seht ihr diese Tätowierungen?", Baldhas Stimme dröhnte jetzt laut und bebend über den Platz. Sie setzte eine der geheimen tiefwirkenden Kräfte ein, um ihren Worten den nötigen Nachdruck zu verleiten. „Das hier ist das Symbol für den ersten Buhlbaum. Hier ist das Zeichen des Allauges. Und hier zwischen den Schulterblättern das heilige Symbol der Gilde!" Die alte Frau hatte bei jedem Wort lauter gesprochen. Sie richtete sich jetzt zu ihrer vollen Größe auf und schrie zornig: „Ihr Kramppfh[6] habt in eurer grenzenlosen Dummheit tatsächlich eine Seherin entführt!" Sie hob ihren Wanderstab und schlug damit Poroh mit voller Gewalt auf den Kopf. Der muskulöse Mann schwankte, blieb aber stehen. „Wie kann man nur so ein verstandloser Prohmp[7] sein, eine Seherin zu entführen. Wisst ihr denn nicht, dass das ein großes Unglück über uns alle bringen kann."

„Aber niemand konnte doch sehen, dass sie …" „Schweig Walur[8]", unterbrach Baldha Porohs Versuch die alte Frau zu besänftigen. „Vielleicht hat sie mit Hilfe der lautlosen Sprache bereits andere Seherinnen verständigt. Wir wissen schließlich nicht über welche besonderen Kräfte diese Seherin verfügt. Vielleicht genügt ein Blick von ihr, um euer jämmerliches Gemächt auf die Größe eines Walurnachwuchses schrumpfen zu lassen."

Unwillkürlich waren bei diesen Worten einige Männer erschrocken zurückgesprungen. Einige griffen sich sogar schützend in den Schritt. Baldha schüttelte ihren Kopf, ließ ihren Stab fallen und griff

---

[6] Primitive Sumpfwürmer
[7] Muskelprotz ohne Verstand
[8] Wurm

nach Kloras Umhang. Sanft zog sie diesen hoch und drehte die junge Frau behutsam um, so dass diese mit ihrem Gesicht wieder auf ihre Entführer blickte. In Kloras Kopf formten sich Baldhas Worte: „Es wäre sicherlich nicht schlecht, wenn du ihnen jetzt etwas von deiner Macht zeigen würdest Schwester."

Laut sprach sie, „entschuldige Seherin, unsere kleine Gemeinschaft hat einen großen Fehler begangen. Es tut uns unendlich leid." Baldha senkte ergeben ihren Kopf. „Als Zeichen unserer großen Reue bieten wir dir an, in der Nähe unserer Ansiedlung einen Buhlbaum zu ehren der Seherinnengilde zu pflanzen."

Klora schloss ihre Augen, als müsste sie über diesen Vorschlag nachdenken. Einen Buhlbaum zu pflanzen war eine äußerst zeit- und kräfteraubende Angelegenheit. Zwar wuchsen unter jedem alten Baum einige Schösslinge davon. Eine Neupflanzung gelang aber nur, wenn der betreffende Schössling komplett ausgegraben wurde. Und die Erstwurzel aus dem Samen des Buhlbaumes reichte unglaublich tief. Der Größte Teil des Baumes befand sich nämlich unter der Erde. Da Buhlbäume meist auch nur auf felsigem Untergrund wuchsen, lag vor ihren Entführern eine viele Tage andauernde und äußerst mühsame Arbeit. Aber sie würden diese sicher gern erledigen, wenn sie damit die Seherin wieder loswurden und als Nebeneffekt bekam Baldha in der Nähe einen eigenen Baum.

Klora reckte sich, es schien, als würde sie plötzlich zu wachsen beginnen. Dann begannen ihre Augen plötzlich hell zu leuchten und blitzten einige Male bedrohlich auf. Die anwesenden Frauen und Männer wichen erschrocken zurück. „Ich nehme deine Entschuldigung an alte Frau", Klora wurde bei diesen Worten wieder zu der zierlichen jungen Frau. „Danke Seherin", Baldha verneigte sich, dann wand sie sich Poroh zu. „Du sorgst dafür, dass die drei unverzüglich unversehrt dorthin gebracht werden, von wo ihr sie entführt habt. Und Poroh", die alte musterte den muskulösen Mann und kniff drohend ihre Augen zusammen, „mit all ihren Habseligkeiten."

Der große Mann verneigte sich und brüllte einige der Herumstehenden gefrustet an. Während Kraith und Lordi von ihren Fesseln befreit wurden und ihre Wandersäcke wieder gefüllt wurden, wand sich Baldha an Klora und zog sie etwas auf die Seite, damit sie sich ungestört unterhalten konnten. „Sie halten mich hier für eine ausgestoßene Seherin und akzeptieren mich, nachdem ich ihnen einige kleine Machtdemonstrationen gegeben haben für eine von ihnen. Seherinnen, die nicht der Gilde angehören gelten hier nämlich als unberechenbar." Die alte Frau musterte die Herumstehenden „Sie sind nicht böse, aber leider sehr dumm. Irgendwie wie Kinder Klora und müssen noch viel lernen, bis sie wieder in die Gemeinschaft zurückgeführt werden können. Weiß die Gilde, dass du entführt worden bist?"

„Ich bin mir nicht sicher", Klora zögerte, „ich hatte gerade Gedankenkontakt mit meiner Lehrmeisterin Bora als wir überfallen wurden." „Bora ist in der Nähe, das ist schön", Baldha lächelte, „wir haben uns schon seit einer kleinen Ewigkeit nicht mehr gesehen. Ich werde mich mit ihr in Verbindung setzen, sie ist sicherlich schon voller Sorge auf den Weg hierher. Ich werde sie beruhigen und berichten, dass ihr in der Zwischenzeit eure Reise bereits wieder fortgesetzt habt."

„Baldha", Klora dachte über das Gespräch nach, „es gibt doch im ganzen Waldland keine ausgestoßenen Seherinnen. Das ist doch eine Unmöglichkeit. Wir werden doch nur von der Gilde aufgenommen, wenn unser Charakter und die tief in unseren Köpfen verankerten Erbfaktoren für würdig erachtet wurden."

Baldha grinste, „ich sagte doch bereits, dass die Waldmenschen hier ein wenig dumm und primitiv sind. Aber ich arbeite daran. Ich fürchte allerdings, dass das noch einige Generationen dauern wird."

Kraith und Lordi traten neben Klora. Die beiden nickten Baldha dankend zu. Die alte Frau lächelte, „auch ich habe die Zeichen gesehen. Ich nehme an, dass ihr auf dem Weg zum Berg Dahn seid. Von unserer Gemeinschaft ist leider keiner würdig, um sich mit den anderen Männern bei der Wahl eines neuen Allbewahrers messen zu dürfen. Die Menschen hier müssen erst wieder einen Weg zurück zu der Gemeinschaft der Völker finden."

„Baldha befindet sich in der Nähe ein Loch mit stinkendem Erd-wasser?", Klora blickte die ältere Frau fragend an. Kraith und Lordi sahen ihre Begleiterin überrascht an. Was sollte diese Frage?" Baldha dachte nach, dann lächelte sie verstehend, „jetzt begreife ich, warum ihr die erlaubten Wege verlassen habt. Ihr werdet von einem Olkh verfolgt!" Die alte Frau sah Klora an. „Du weißt was du zu tun hast?" „Ja, Bora hat mir …" „Gut, das genügt", unterbrach Baldha die junge Seherin." In Gedanken fügte sie rasch hinzu, „wir sollten den Umstehenden nicht zu viel verraten. Wie man sich einem Olkh vom Leibe hält, ist ein Geheimnis der Gilde." Baldha wandte sich ab: „Poroh!" „Ja Baldha?" „Du allein begleitest diese drei. Du führst sie zu dem stinkenden Waldloch, und zwar zu der Stelle die entgegengesetzt zu dem Felsen liegt, der aussieht wie ein alter Sitzstein. Ich gebe dir noch ein großes Bündel mit, dass platzierst du auf dem Felsen, dann kehrst du umgehend wieder hier her zurück."

Nachdenklich blickte Baldha den vier Personen nach wie diese langsam im Wald verschwanden. „Alles Gute junge Schwester", flüsterte sie leise, „was das Schicksal wohl noch alles für dich vorgesehen hat?

8

Nachdem Bora von Baldha die beruhigende Nachricht erhalten hatte, dass sich Klora, Lordi und Kraith wieder auf der Reise befanden, hatte sie sich augenblicklich umgedreht und wieder den Weg zum Archiv der Seherinnen eingeschlagen. Die Geschichte, die hinter dieser Nachricht stand würde sie später erfahren. Es zählte nur die Tatsache, dass Lordi sich wieder auf dem Weg zum Berg Dahn befand.

Bora stand erneut am Rand der Senke und blickte auf den alten knorrigen Baum. Die alte Seherin sah sich mehrmals um und überzeugte sich, dass außer ihr hier kein Lebewesen anwesend war, dann schritt sie langsam und feierlich die Senke hinunter. Es überkam sie jedes Mal ein schwer zu beschreibendes Gefühl. Große Demut vor dem Alter des Baumes. Aber auch Respekt und Hochachtung, wenn sie daran dachte, wie viele Generationen an Seherinnen vor ihr bereits genau diesen Weg gegangen waren. Und selbstverständlich empfand Bora auch großen Stolz der Gilde anzugehören. Es überkam sie noch immer dieses seltsame Ziehen in ihrer Brust und fast das gleiche Hochgefühl das ein Paar erleben konnte, wenn es gemeinsam den Ritus der Vereinigung beging.

Immer noch, selbst nach diesen vielen Sonnenumläufen als Seherin bei den Andus und obwohl ihr dortiger Dienst sich jetzt langsam
dem Ende zuneigte.

Bora war direkt vor dem Stamm des alten Baumes angelangt. Dieser hatte mindestens den Durchmesser von zehn Waldmännern
und war unglaublich zerfurcht und knorrig. Moosfetzen und die ab-
gestorbene Borke vieler Jahre hingen in Brocken an ihm herab.
Die alte Seherin schloss ihre Augen und senkte zur Begrüßung
den Kopf. Für das eigentliche Geheimnis des Baumes musste sie
nicht sehen. Wichtig war nur, dass sie jetzt ihren Geist reinigte. Sie
musste völlig frei von negativen Gefühlen sein, die mit dem hohen
Amt einer Seherin nicht vereinbar waren. Langsam trat Bora noch
einen weiteren Schritt vor und berührte jetzt mit ihrer Stirn den
Stamm des Baums. Noch ein Schritt …

… und sie befand sich übergangslos im Archiv. Einem unglaublich
großen felsigen Gewölbe mit einer Ausdehnung in welche die Andussiedlung mehrmals gepasst hätte. Und zwar sowohl in der
Breite als auch in der Höhe. Bora wusste nicht, wo sie sich jetzt
befand. Noch in der Senke, oder an einem völlig anderen, womög-
lich weit entfernten geheimen Ort? Wenn sie wieder zurückwollte,

musste sie lediglich durch das große hölzerne Tor treten, dass sich in ihrem Rücken befand. Sie würde dann wieder übergangslos in der Senke stehen. An derselben Stelle, die sie gerade verlassen hatte.

Irgendwann würde Bora vielleicht mehr über dieses Geheimnis der Seherin erfahren. Bis dahin tat sie das gleiche wie mit den übrigen Kräften, die ihr verliehen worden waren, sie akzeptierte sie als gegeben. Langsam betrat Bora einen Weg, der an einen alten ausgetretenen Waldpfad erinnerte und folgte diesem. Auf großen Steinblöcken lagen ausgehölte unterarmlange Erstwurzeln von Buhlbäumen. In ihnen verbarg sich das gespeicherte Wissen aller Seherinnen, seit dem der erste Buhlbaum auf Pallus gebracht worden war. Bora schritt an den ersten Steinblöcken vorbei. Sie wusste, dass sie weit in die Vergangenheit gehen musste, wenn sie eine Antwort haben wollte. Die alten ersten und fast schon vergessenen Jahre lagen am Ende des Pfades.

Ab und zu blieb Bora stehen und betrachtete interessiert die auf den Steinblöcken eingravierten Symbole. Eines stellte die große Feuerbrunst von Jorcha[9] da, als fast ein Viertel des Waldlandes

---

[9] vgl. Anhang: Die Buhlbaumrollen

den Flammen eines fürchterlichen Brandes zum Opfer gefallen war. Dieser Schicksalsschlag lag in der Zwischenzeit auch schon wieder einige hundert Generationen zurück. Ein anderes Symbol zeigte einen Olkh. Bora lächelte, die eingebundenen Gedanken, die sich auf diesem Block befanden, hatte sie bei ihrem letzten Besuch gelesen. Vielleicht war das wieder einmal eine vorausschauende Planung des Schicksals gewesen, denn genau dieses Wissen hatte sie nun an Klora weitergeben können. Manche Lösungen für die Gegenwart oder Zukunft lagen tatsächlich unentdeckt in der Vergangenheit. Die alte Seherin ging suchend weiter. In einem der Felsblöcke war das Stammeszeichen der Andus eingraviert. Sie selbst hatte dort bereits eine eigene Gedankenrolle hinterlegt. Diese hatte keinen besonderen Inhalt und diente nur der Dokumentation der Entwicklung des Andusvolkes.

Bora schritt noch an vielen Steinquadern vorbei, auf denen die ausgehölten Endwurzeln von abgestorbenen Buhlbäumen lagen. Es dauerte aber eine ganze Weile, bis sie den Quader mit den Symbolen des Bergs Dahn und der Allbewahrer fand. Die alte Seherin lächelte zufrieden als sie die Wurzelrollen sah. Es waren allerdings lediglich drei Stück. Aber immerhin gab es

Aufzeichnungen aus dieser Zeit. Bora schob ihren Umhang zurück, bis ihre rechte Hand völlig bloß war. Dann steckte sie diese ehrfurchtsvoll in die Wurzelrolle mit dem Zeichen für 1.

Sofort fühlte sie eine Wärme in ihrer Hand, die langsam aufstieg und sich in ihrem ganzen Körper ausbreitete. Ihre Berechtigung wurde überprüft. Ein normaler Waldmensch hätte, wenn er überhaupt ins Archiv gekommen wäre, sich jetzt die Wurzelrolle voller Schmerzen vom Arm gerissen. Er würde lebenslang unter den Brandnarben leiden müssen. Bora verspürte nichts außer großer Wärme. Sie schloss ihre Augen und wartete konzentriert auf den Bericht, der in dieser Wurzelrolle eingespeichert war.

„Mein Name ist Klattha. Ich bin die Seherin der Bolks. Ich habe für die Gilde diesen Bericht verfasst. In den vergangenen Sonnen und Monden haben sich die Vorzeichen einer nahenden Gefahr gezeigt. Schließlich war die Gilde davon überzeugt, dass die Wahl eines Allbewahrers erforderlich war. Ich machte mich mit zwei jungen Männern der Bolks auf den Weg. Zu Füssen des Bergs Dahn trafen wir auf die Abgesandten der anderen Waldvölker. Die weise Frau vom Berg hat sich der jungen Männer anschließend angenommen. Ich kann also über die Prüfungen nichts berichten. Welche Kriterien für die Wahl zum Allbewahrer erforderlich sind haben wir nicht erfahren. Wir Seherinnen haben im Hain der weißen Frau auf den Ausgang der Wahl gewartet. Nach und nach ist einer der Männer zu uns zurückgekommen. Allerdings war auch aus deren Munde nichts zu erfahren, was im Einzelnen auf dem Berg Dahn geschehen ist. Schließlich kam eines Tages der Vorletzte der Männer herab. Er blutete aus mehreren Wunden. Anscheinend hatte ein Kampf stattgefunden. Wir haben allerdings nie erfahren zwischen wem und aus welchem Grund.

Kurz danach erschien die weise Frau und erklärte uns feierlich, dass die Wahl nun abgeschlossen sei und dass morgen die feierliche Inthronisation des neuen Allbewahrers stattfinden würde. Allen anwesenden Seherinnen würde die große Ehre zuteil, am Fuße des Berg Dahns miterleben zu dürfen, wie sich die Strahlen unserer beiden Sonnen vereinigen und dem Allbewahrer die Macht geben würden, dass Waldland vor der Bedrohung zu beschützen.

Die weise Frau bat uns einen Kreis zu bilden, denn sie wollte uns noch erzählen von welcher Gefahr das Waldland bedroht wurde.

Vor ihrem Bericht nahm sie uns allerdings das Versprechen ab, kein Wort an die Waldmenschen weiterzugeben und es war ihr ausdrücklicher Wunsch, davon auch keinen Bericht im Archiv zu hinterlegen. Grund dafür war, dass falls in ferner Zukunft die gleiche Gefahr nochmals eintreten würde, der dann zu wählende Allbewahrer völlig unvoreingenommen seine Aufgabe lösen sollte.

Nur so viel hat uns die weise Frau zu berichten erlaubt, dass die Gefahr von Menschen ausgehen könnte, die außerhalb des Waldlandes leben würden. Für uns Seherinnen war allein diese Offenbarung ein großer Schock. Sind wir doch bisher davon ausgegangen, dass unsere Welt der große Wald sei und dass ein Leben außerhalb davon überhaupt nicht möglich ist. Eine der ehernen Waldregeln ist, dass der schützende Wald niemals verlassen werden darf. Sobald der Schatten des Waldes verlassen wird, tritt unweigerlich der Tod ein. Wir Seherinnen haben beschlossen auch diese Mitteilung für uns zu behalten. Kein Waldmensch hätte uns geglaubt, es ist schließlich tief in ihrem Bewusstsein verankert, dass ein Leben außerhalb des Waldes nicht möglich ist. Wo möglich hätte irgendein unglückseliger neugieriger Jungmann nachgesehen was sich hinter der schützenden Schattengrenze verbarg und aufgrund seiner Neugierde einen frühen Tod erlitten.

Aus dem, was uns die weise Frau noch mitgeteilt hat, schließe ich, dass es sehr wichtig ist, dass jede betroffene Generation unvoreingenommen mit dem Wissen umgeht, dass es außerhalb des Waldes noch andere Menschen gibt.

Klatthas Stimme verschwand. Die Wärme, die von dem Buhlholz ausgegangen war ließ langsam nach. Auf dieser Buhlholzrolle befanden sich keine weiteren Eintragungen. Nachdenklich streifte Bora das hölzerne Armband ab und nahm das mit dem Zeichen für 2. Kaum hatte sie dieses übergestreift ertönte in Boras Kopf erneut Klatthas Stimme.

„Am nächsten Tag stiegen wir unter der Begleitung der weißen Frau den Berg Dahn hoch. Allerdings durften wir das Hochplateau nicht betreten. Wir standen voller Erwartung da und blickten auf unsere beiden Sonnen. Plötzlich begannen die grünlichen Strahlen von Rham und die bläulichen Schimmer von Tham zu zittern und sich aufeinander zuzubewegen. Es begann ein seltsamer Strahlentanz am Himmel, bis sich schließlich sämtliche Sonnenstrahlen vereint hatten. Diese zogen sich anschießend zusammen, bis sich nur noch ein einzelner armdicker golden leuchtender Strahl ergab. Dieser wanderte aus dem Waldland auf den Berg

Dahn zu. Wir konnten zusehen, wie er auf dem Hochplateau verharrte. „Jetzt findet die Inthronisation statt", teilte uns die weise Frau mit. Kurz danach leuchtete das gesamte Plateau auf und der goldene Strahl verschwand. Rham und Tham leuchteten wie immer. Es war, als wäre nichts geschehen. Wir Seherinnen standen etwas unschlüssig herum, da keine von uns wusste, was nun geschehen würde. War die Zeremonie abgeschlossen und wir konnten den Rückweg antreten? Würde der Allbewahrer zu uns sprechen und uns Anweisungen erteilen?

Die weise Frau bat uns um Ruhe und geduldig abzuwarten. So standen wir noch lange Zeit betrachteten von unserer hochgelegenen Position das Waldland. Plötzlich löste sich vom Hochplateau aus ein goldener Strahl, der von dort aus unglaublich schnell auf die Grenze des Waldlandes zuraste und als er dieses erreicht hatte es sofort kreisförmig einschloss. Das gesamte Waldland befand sich innerhalb weniger Augenblicke von einem goldenen leuchtenden Strahlenkranz umgeben.

Die weise Frau drehte sich um und lächelte. „Jetzt könnt ihr zu euren Ansiedlungen gehen und berichten, dass der Allbewahrer einen Weg gefunden hat, dass Waldland vor der drohenden Gefahr zu beschützen." Die Wärme, die von dem Buhlholz ausgegangen war, ließ nach. Der Bericht von Klattha war zu Ende. Nachdenklich streifte Bora das Armband ab und legte es vorsichtig zurück. Sie nahm das letzte Armband, das enthielt aber nur Angaben von Klattha wie sie anschließend mit der weißen Frau gesprochen hatte und den Auftrag erhalten hatte diese Gedächtnisprotokolle anzufertigen.

Bora drehte sich um und blickte auf den langen Pfad zurück, der vor ihr lag. Sollte sie noch ein Armband überstreifen. Die Neugier war groß. Sie kam viel zu selten ins Archiv. Hier lagerte so viel Wissen, dass ihr bisher verborgen geblieben war. Die alte Seherin seufzte. Leider war auch diesmal nicht genügend Zeit vorhanden, um sie mit den Geschehnissen der Vergangenheit zu vergeuden. Sie hatte noch einen weiten Weg vor sich.

„Meine Schwester", die alte brüchige Stimme ließ Bora herumfahren. In einer dunklen Ecke saß ein schattenhaftes Wesen. „Ich habe auf dich gewartet. Nun da du auch das Wissen über den Allbewahrer besitzt, musst du dich auf den Weg zur letzten Erkenntnis machen."

9

Poroh hatte die drei Andus, ohne irgendein Wort mit ihnen zu wechseln zu dem stinkenden Waldloch geführt. Die Ausdünstung des fauligen Wassers war schon von weitem zu riechen. Als sie davorstanden, mussten sie sich beherrschen, dass sie sich nicht übergaben. Überall im Waldland gab es solche Löcher mit mooriger Erde. Aufgrund der darin gelösten Mineralien stanken sie penetrant.

„Und jetzt?", Poroh sah die drei grinsend an, „wollt ihr darin vielleicht schwimmen gehen?" „Baldha hat dir einen Auftrag erteilt", Klora ging nicht auf seine Frage ein, sondern deutete auf das Bündel das Poroh getragen hatte. Sie ließ warnend ihre Augen kurz aufleuchten. Poroh knurrte abfällig, drehte sich aber um und ging um das Waldloch herum. Als er an der gegenüberliegenden Stelle stand, legte er das Bündel auf einen großen Stein und verschwand dann grußlos im Dickicht.

„Und jetzt?", stellte nach einer Weile Kraith die gleiche Frage wie kurz zuvor Poroh. Klora grinste, „jetzt werden wir tatsächlich in dieser Brühe schwimmen gehen, und zwar ausgiebig." Als die junge

Frau bemerkte, dass ihre zwei Begleiter sie verständnislos ansahen, fügte sie erklärend hinzu. „Dieses stinkende Loch löst unsere Probleme mit dem Olkh. Das Untier verfolgt einen von uns dreien, weil es dessen Geruch aufgenommen hat. Nichts aus dem Waldland wird ihn davon abhalten, dieser Geruchsspur zu folgen, bis er sein Opfer aufgespürt hat. Denkt an die Abenteuer von Harth[10]. Wir ziehen uns jetzt deshalb komplett aus, trennen uns von allem, was uns gehört, steigen in dieses stinkende Loch und werden uns darin ausgiebig wälzen. Der üble Geruch dieser Brühe überlagert jeden anderen Geruch. Wenn wir danach dort drüben weiterlaufen, ist der Geruch den der Olkh bisher verfolgte in dem Waldloch verschwunden. Das Urtier hat die Spur verloren und wird uns nicht mehr verfolgen."

„Wir werden stinken, als wären wir in die Kloakengrube der Andus gefallen", knurrte Kraith angeekelt. „Das ist richtig", lächelte Klora, „aber eben nicht mehr wie Kraith, Lordi oder ich." „Ich weiß nicht was mir lieber ist", erwiderte Kraith, zog sich dabei aber bereits aus, „von einem Olkh verfolgt zu werden, oder nach Abfall und Kot zu stinken."

---

[10] vgl. Anhang: Die Buhlbaumrollen

Er erhielt keine Antwort. Klora zog sich ebenfalls bereits aus. Lordi folgte ihr achselzuckend. Bei der aus Kruhlgras geflochtenen Kette zögerte er, „die hat mir meine Mutter geschenkt." „Wir dürfen nichts mehr an uns haben, was unseren Geruch hat Lordi." Klora berührte kurz die Wange ihres Gefährten, „tut mir leid, wir müssen in die Brühe so wie wir einst im Waldland angekommen sind. Aber ich bin sicher deine Mutter wird dir eine neue flechten, wenn sie den Grund erfährt, warum du sie abgelegt hast."

Schließlich standen alle drei nackt vor dem stinkenden Schlammloch. Klora ergriff mit jeder Hand einen ihren Begleitern. „Jetzt kommt, seit keine Walure." „Ich kann mir vorstellen, dass einige dieser ekelhaften Kriecher da drin auf ihre Opfer warten", murmelte Lordi angeekelt. „Los", Klora sprang und riss ihn und Kraith mit. Sie landeten in dem Erdloch und hatten sofort mit unglaublichem Ekel zu kämpfen. „Wie lange müssen wir in diesem Dreck bleiben Klora?", Lordi stellte die Frage und bemerkte, dass Klora nicht zu sehen war. „Wo ist sie?", schrie er erschrocken Kraith an. In diesem Moment tauchte die junge Seherin auf. Brauner Sabber und klebriger stinkender Brei liefen ihr über die langen Haare.

„Das müssen wir aber nicht tun!", schrie Lordi voll dunkler Vorah-nung. „Aber natürlich mein Lieber", Klora tauchte wieder unter und kam nach einigen Augenblicken wieder hoch, „wie willst du sonst den Geruch aus deinen Haaren bringen." „Das ist so etwas von eklig!", protestierte Lordi. Dann bemerkte er wie ihn Kraith von hin-ten umfasste und ihn mit in die Tiefe zog. Lordi presste Augen und Mund fest zusammen. Trotzdem dauerte es unglaublich lange Zeit, bis sich Kraith mit ihm wieder an die Oberfläche des Dreck-wassers stieß.

„Das sollte genügen", knurrte Kraith und kämpfte sich bereits eilig durch den Schlamm und Schlick zum gegenseitigen Ufer. Klora hatte Baldhas Bündel bereits aufgewickelt und warf ihren Beglei-tern einige Tücher zu, mit denen sie sich notdürftig den Schmutz und Dreck vom Körper wischen konnten. Anschließen zog jeder von ihnen einen frischen Umhang an, wie er im Waldland üblich war.

„Und jetzt?" Lordi sah seine Begleiter resigniert an. Er fühlte sich beschmutz, müde und sehr erschöpft. Am liebsten wäre es ihm gewesen, wenn Klora jetzt erklärt hätte, dass die Reise keinen Sinn mehr hatte und sie zurück zu den Andus gehen würden. Er verstand immer noch nicht, wie Bora ausgerechnet ihn zum Berg Dahn schicken konnte. Lordi kam immer mehr zu der Überzeugung, dass er die falsche Wahl gewesen war. Der große Anführer und Kämpfer war er sicherlich nicht. „Jetzt gehen wir zurück auf unseren Pfad und machen uns wieder auf den Weg zum Berg Dahn." Klora hat sich bereits umgedreht und war losmarschiert. Kraith grinste Lordi an. Es war aber keine Bosheit hinter dieser Mimik. Sondern irgendwie, als sehe er sie beide als Leidensgenossen. „Komm Lordi, oder willst du dich gegen eine Seherin stellen?"

10

„Ich habe eine Bitte an dich?", hatte Bora zu ihm gesagt und ihn dann den weiten Weg bis zum Ende des Waldlandes gesandt, um nachzusehen was sich dort Unheimliches tat. Alle Hinweise deuteten nämlich darauf hin, dass von dort die Bedrohung gegen das Waldland ausging. Obwohl das natürlich nur auf Deutungen und Legenden beruhte. Gordo war viel zu klug um ohne eigene Prüfung das Gerede anderer Personen zu übernehmen.

Der Brack lief seitdem fast ohne Unterbrechung abseits der offiziellen Wege des Waldlandes auf dessen Grenze zu. Die für die Waldmenschen erlaubten Wege mied er absichtlich. Als Brack musste er sich an keine der Waldregeln halten. Sie hatten ihre eigenen ehernen Gebote.

Es war im Übrigen auch ein großer Vorteil sich nicht an die für die Waldmenschen vorgegebene Wege halten zu müssen. Diese wanden sich nämlich schlangenförmig durch das Waldland und man musste oft große Umwege gehen, um an sein geplantes Ziel zu kommen. Gordo konnte ohne Umschweife direkt auf sein Ziel zulaufen.

Der Brack sprang geschmeidig und fast lautlos über einen manns-
breiten Bach und lief anschließend einen Hügel hoch. Die stachligen Quarltbüsche umging er elegant. Ihre Ausläufer hinterließen
bei einer Berührung kleine Entzündungen am Körper und juckten
ekelhaft. Durch sein dichtes Fell war Gordo zwar gut geschützt,
wollte aber kein unnötiges Risiko eingehen.

Jetzt hatte er wieder ein freies gut sichtbares Waldstück vor sich.
Die Bäume standen nicht mehr so dicht beieinander wie vor einigen Stunden.

Gordo lief, ohne anzuhalten, weiter. Wahrscheinlich war die Ursache, dass er von dem Fangnetz überrascht wurde die Tatsache,
dass er in seine Gedanken versunken war und nicht mit der übli-
chen Achtsamkeit von Bracks auf seine Umgebung achtete. Plötzlich wurde er hochgerissen und war in fast zehn Meter Höhe in
einem geknüpften Netz gefangen. Ärgerlich über sich selbst
knurrte er böse vor sich hin. Wie hatte er nur so nachlässig sein
können? Wenn andere Bracks davon erfuhren, würden sie sich
über ihn lustig machen. Gordo spannte augenblicklich seine Tatzenhände an und ließ seine messerscharfen fast zehn Zentimeter
langen Krallen ausfahren. Mit einigen ruckartigen Bewegungen

zerriss er das Gespinst aus Seilen, das bei den Waldmenschen als unüberwindlich galt. Während er zu Boden fiel, drehte er sich in der Luft und landete trotz der Höhe unverletzt auf dem weichen Waldboden.

Ohne sich weiter mit dem peinlichen Zwischenfall zu beschäftigen, eilte Gordo weiter. Er hatte noch eine ausgedehnte Strecke vor sich. Das Waldland war riesig. Die äußeren Ringe, die meist aus den immergrünen nadeligen Bäumen bestanden, würde er erst in einigen Stunden erreichen. In diesem Bereich gab es schon lange keine Siedlungen der Waldmenschen mehr. Anschließend würde er noch ein ausgedehntes Gebiet vor sich haben in dem die Bäume in immer größerem Abstand zueinander standen und immer jünger wurden.

Eigentlich hätte er doch schon viel weiter sein müssen? Fast kam es Gordo so vor, als wäre das Waldland gewachsen. Das war natürlich blanker Unsinn. Als er das letzte Mal in dieser Gegend gewesen war, hatte es allerdings anders ausgesehen. Er musste eigentlich schon näher an der Waldgrenze sein! Konnte er sich so in den Entfernungen getäuscht haben? Nein – Gordo schüttelte im Laufen seinen mächtigen Schädel. Er wusste genau, wo er war.

Irgendetwas stimmte hier nicht! Die Baumgrenze konnte nicht mehr so weit entfernt sein – trotzdem war er immer noch von ausgedehntem Wald umgeben.

Gordo hielt an und legte sich unter einem Lardbaum. Er richtete seinen Kopf nach oben und zog die Luft ein. Die Nester des Baums waren leer. Er war hier allein. Eigentlich war die Tatsache, dass hier ein Lardbaum in dieser stattlichen Größe stand, allein schon ein großes Rätsel. Diese Bäume wuchsen in den alten tiefen Waldbeständen, aber doch nicht so nahe an der Grenze des Waldlandes.

Gordo benötigte keine Rast, er hätte noch lange wie bisher weiterlaufen können. Aber er wollte in Ruhe nachdenken was hier los war. Die Landschaft war anders ... verändert ... irgendwie ... neu! Ja, das war wohl der Ausdruck, der dem ganzen am nächsten kam. Neu! Wie frisch gepflanzt und über Nacht unnatürlich schnell in die Höhe gewachsen.

Dann bemerkte Gordo den Geruch. Ein anderer Brack war in der Nähe und kam der Geruchsspur nach direkt auf ihn zu. Dem

Aroma nach ebenfalls ein Mann. Rasch richtete sich Gordo zu seiner vollen Größe auf. Das war ein Gebot des Anstands. Man verbarg sich nicht vor Artgenossen, vermeintlichen Freunden oder Verbündeten. Borla hatte viel Zeit in seine Erziehung investiert. Wobei das aufgrund der vorhandenen Artunterschiede nicht immer einfach für die Seherin gewesen war. Es gab viele Charakterzüge, in denen sich Brack und Waldmenschen erheblich unterschieden. Das hatte manchmal auch zu, nicht immer lustigen, Missverständnissen zwischen ihnen beiden geführt.

Die feine Ausdünstung wurde intensiver. Sie war nicht unangenehm, aber verriet Gordo schon vorab sehr viel über seinen Artgenossen, bevor er diesem überhaupt gegenüberstand. Umgekehrt war das natürlich auch der Fall. Aber das war in Ordnung. Bracks hatten voreinander nichts zu verbergen.

Ein stattlicher Kater kam auf ihn zu. Seine Muskeln bewegten sich spielerisch, er befand sich im vollen Lauf. Gordo blieb ruhig und abwartend stehen. Er wusste, dass ihm keinerlei Gefahr drohte. Bracks würden niemals Artgenossen angreifen, dazu waren sie viel zu zivilisiert. Sie verhielten sich nicht so emotional dumm wie die Waldmenschen.

Eine Körperlänge vor Gordo stoppte der andere Brack und senkte seinen Kopf. „Sei gegrüßt Bruder", er legte sich hin. Gordo folgte seiner Geste. „Man nennt mich Cchrom", begann der fremde Brack nach einer Weile. „Ich bin Gordo." „Dann bist du der Brack, den die Waldfrau großgezogen hat", stellte Cchrom fest, „ich habe von dir gehört." „Sie ist eine Seherin", berichtigte Gordo. Es bestand ein großer Unterschied zwischen einer normalen Waldmenschenfrau und einer Seherin. Gordo war es wichtig auf den Stand von Bora hinzuweisen.

„Große Veränderungen stehen an", Cchrom wechselte das Thema. „Wenn die Gilde nicht bald etwas unternimmt, wird es Krieg geben. Ich habe das Gefühl, dass der Bestand des gesamten Waldlandes bedroht ist."

Gordo nickte. Cchrom hatte also auch schon bemerkt, dass eine Bedrohung auf das Waldland zukam. Seiner Wortwahl war zu entnehmen, dass er mehr darüber wusste.

„Ich wurde ausgesandt, um der Gilde zu berichten, welche Art Gefahr droht", Gordo sah Cchrom auffordernd an. „Gut Bruder", Cchrom stand übergangslos auf, „dann ist es ein Glück, dass wir beide uns begegnet sind. Das hier ist nämlich mein Revier. Komm mit, ich werde dir die aufziehende Gefahr zeigen. So viel kann ich dir verraten: Es ist leider wie immer: Wenn dem Wald Gefahr droht, geht sie von den Menschen aus.“

11

„Ich grüße dich Bora", langsam löste sich der Schatten aus der Ecke, kam auf sie zu und nahm die Konturen einer Frau an. Diese schien sehr alt und gebrechlich zu sein, strahlte aber eine unglaublich starke Präsenz aus. Die alte Frau lächelte Bora an und streckte die Arme aus. Vorsichtig und voller Ehrfurcht umarmte Bora die zerbrechlich wirkende Alte.

„Ich wollte sichergehen, dass du den richtigen Weg nimmst Bora und keine Umwege gehen wirst." Die weise Frau vom Berg Dahn, erste Stimme in der Gilde der Seherinnen, wurde übergangslos sehr ernst. „Aber dein Rückweg wird diesmal ein anderer sein. Du wirst jetzt nämlich den Weg der letzten Erkenntnis gehen." „Verzeih mir die Frage, warum ich?", Bora wirkte verunsichert. „Das Bora ist immer die Entscheidung der weisen Frau vom Berg Dahn. Du kannst versichert sein: Ich habe es mir nicht leichtgemacht", die Alte seufzte, „komm setzten wir uns kurz auf den Steinblock dort drüben."

Die beiden ungleichen Frauen gingen die wenigen Meter zu einem grob behauenen Steinquader und ließen sich darauf nieder. Die weise Frau vom Berg Dahn lachte plötzlich auf, „als ich das letzte Mal hier saß, hatte ich deinen Platz inne und meine Vorgängerin saß ziemlich genau an der Stelle, auf der ich mich jetzt befinde. Alles wiederholt sich. Das Leben ist ein ewiger Kreislauf. Bora", die alte Frau griff behutsam nach einer Hand der Seherin. „Die größte Aufgabe der weisen Frau vom Berg Dahn ist es nicht über das Waldland zu wachen. Das ist ihre ureigene Pflicht! Die größte und schwierigste Aufgabe ist es rechtzeitig für eine geregelte Nachfolge zu sorgen. Ich bin überzeugt davon, dass ich mit dir eine gute Wahl getroffen habe. Du bist eine der klügsten Seherinnen dieser Zeit. Deine eigene Nachfolge ist in der Zwischenzeit geregelt. Klora wird den Andus eine gute Seherin sein. Auf dich wartet jetzt eine andere Aufgabe. Eine Bestimmung auf die du lange vorbereitet wurdest."

„Aber … verzeih mir meinen Einwand", Bora schluckte, „wie kann ich die Aufgabe erfüllen? Ich bin doch auch schon alt." „Das entspricht der Wahrheit: Alt und weise. Du hast sehr viel Erfahrung gesammelt in deinem Leben. Du weißt mehr als manch andere aus der Gilde. Allein deine Erfahrung mit dem Katzenmann …"

Bora zuckte zusammen, als hätte man sie geschlagen. Was wusste die weise Frau über Gordo. Das war doch ihr großes und gut gehütetes Geheimnis. Wie konnte...?

„... keine Angst Schwester. Gerade wie du dich im Zusammenhang mit dem Brack verhalten hast, hat mich in meiner Wahl bestätigt. Im Übrigen", die weise Frau seufzte, „ist dein derzeitiges körperliches Alter kein Grund dich nicht zu wählen. Über die Zeit oder das Alter brauchst du dir ab sofort keine Sorgen mehr zu machen. Deine einzige Aufgabe wird es nun sein den Pfad der letzten Erkenntnis zu gehen." Eine Weile herrschte Schweigen dann stand die alte Frau entschlossen auf. „Jetzt komm, jeder von uns muss seiner eigenen Wege gehen. Meine Anwesenheit ist am Berg Dahn erforderlich."

Die weise Frau vom Berg Dahn nahm Bora bei der Hand und führte sie in eine dunkle abgelegene Ausbuchtung des Archivs. Ein kleiner Pfad führte direkt auf eine hölzerne Tür zu. Die weise Frau trat zurück und machte eine einladende Geste in Richtung der Tür. Bora zögerte, wusste aber, dass sie nicht das Recht hatte die Wahl der weisen Frau anzuzweifeln. Außerdem musste sie zugeben, dass sie neugierig darauf war, was sich hinter dieser Tür verbarg.

Nach kurzem Zögern nahm sie entschlossen den geschnitzten Griff in die Hand, öffnete die Tür und trat hindurch.

Die weise Frau des Berges Dahn, erste Stimme der Gilde der Seherinnen schloss sorgfältig die Tür hinter Bora, „ich hoffe, du kannst mir verzeihen Schwester. Diesen Weg mussten schon viele vor dir gehen. Er ist erforderlich für die unglaublich große Bürde, die vor dir liegt." Mit gesenktem Kopf drehte sich die alte Frau um und schlürfte davon. Sie hatte eine Nachfolgerin gewählt und sie war überzeugt davon, dass ihre Wahl gut war. Jetzt lag es allein an Bora, ob sie sich als würdig erweisen würde.

12

Klora hatte den Rückweg zu ihrem ursprünglichen Pfad eingeschlagen. Sie lief ziemlich schnell. Anscheinend wollte sie keine
weiteren Diskussionen mit Kraith und Lordi über ihr weiteres Ziel
führen. „Wir machen uns jetzt selbstverständlich sofort wieder auf
den Weg zum Berg Dahn", hatte sie ihren zwei Gefährten gesagt
und dann entsprechend gehandelt. Den beiden blieb nichts Anderes übrig, als Klora zu folgen. Außerdem war sie schon bald eine
vollausgebildete Seherin und die Mitglieder der Gilde wussten
meistens sehr genau was zu tun war.

Trotzdem hielt Kraith plötzlich an und rief Klora „bleib stehen"
nach. „Was ist?", fragte diese, als sie sich neugierig umdrehte.
„Hört ihr das nicht?", Kraith hob seinen Zeigefinger und machte
eine Geste, dass sie ruhig sein und lauschen sollten. Lordi hielt
seinen Kopf schräg und konzentrierte sich auf sein Gehör. Es fiel
ihm aber nichts Außergewöhnliches auf, außer dass es plötzlich
extrem süßlich zu riechen begann. Und dann hörte man auch den
immensen Krach, den das stinkende Ungeheuer machte, als es
sich ohne Rücksicht auf andere Lebewesen seinen Weg durch den

Wald bahnte. „Der Olkh", schrie Kraith erschrocken und griff nach Klora, „komm schnell weg von hier." „Nein, bleib ruhig. Das Monster wird uns nichts tun. Es verfolgt lediglich stur seiner ausgewählten Spur. Wir sind ihm jetzt völlig egal." „Bist du dir da sicher?", flüsterte Lordi und verzog dabei ängstlich sein Gesicht. Klora legte ihm beruhigend ihre Hand auf die Schulter und lächelte. Lordi war nicht gerade der mutigste unter den Andusmännern, aber er hatte etwas an sich, dass ihn sehr anziehend machte. Vielleicht war es seine bescheidene Art, die sie an ihm mochte, weil er nicht wie die anderen Männer dauernd mit seinen Muskeln angab? Und schließlich musste auch Bora ihn Lordi etwas gesehen haben, was ihn zum Kandidaten für den Allbewahrer eignete.

Bevor die drei irgendetwas unternehmen konnten brach wenige Meter vor ihnen der riesige Olkhwurm zwischen den Bäumen hervor. Er war fast so groß wie einige der umstehenden Bäume. Aus dem ekligen Maul tropfte brauner Geifer. Das Untier war trotz seines wurmartigen Körpers unglaublich schnell. Es raste zunächst noch etwas weiter auf sie zu, drehte sich dann aber ruckartig ab und verschwand wieder im Wald ohne sich weiter um die drei zu kümmern.

„Dein Trick mit der ekligen Brühe hat tatsächlich geklappt!" Kraith nickte anerkennend mit seinem Kopf. „Hast du vielleicht daran gezweifelt?" Klora hob ihren Kopf und ließ ihre Augen kurz aufblitzen. „Lass dieses Seherinnenzeugs", knurrte Kraith, „früher warst du mir sympathischer." „Tut mir leid", Klora machte eine entschuldigende Geste, „ich übertreibe es wohl ein wenig." „Kann man wohl sagen", Kraith verzog sein Gesicht. Bevor er weiterreden konnte, fing Lordi plötzlich zu lachen an. „Was hast du?" Klora sah den Gefährten fragend an.

„Ich habe mir gerade vorgestellt, wie der Olkh voller Gier in das stinkende Loch springt und uns darin verzweifelt suchen wird." „Von mir aus kann er für den Rest seines Lebens darin bleiben", Klora drehte sich entschlossen um und lief weiter.

Nach einer Weile fanden die drei wieder auf ihren ursprünglichen Pfad zurück. Als sie zu der Stelle kamen, in welcher der Olkh sich den Steilhang hochgezwungen hatte, mussten sie einen riesigen Steinhaufen überwinden. Das monsterhafte Tier hatte am Hang eine Spur der Verwüstung hinterlassen.

Schweigend liefen die drei anschließend eine Zeitlang auf dem uralten Pfad weiter. Gegen Abend suchten sie sich ein etwas abgelegenes Lager für die kommende Nacht. Da es warm war, nahmen sie in dem breiten Bach erstmal ein ausgiebiges Bad und wuschen vor allem auch ausgiebig ihre Umhänge. Sie hängten die Wäsche in einige Büsche, damit sie bis zum Morgen trocknen würden.

Kraith hatte einige Wasserklops gefunden und gepflückt. Stolz präsentierte er Klora und Lordi seine Ausbeute, „diese Früchte reichen uns für einige Tage." Wasserklops waren eine sehr nahrhafte Frucht im Waldland. Ihr Vorteil war vor allem auch, dass sie nach dem Pflücken sehr lange haltbar waren.

Die drei setzten sich etwas abseits ins Gebüsch und aßen voller Genuss die Früchte. Die Ereignisse des vergangenen Tages hatte sie hungrig werden lassen. Auf ein Feuer verzichteten sie an diesem Abend. Es war sehr warm geworden und sie waren alle drei sehr müde von den Anstrengungen der letzten Stunden. Zur Überraschung von Kraith bot sich Lordi an die erste Wache zu übernehmen. „Ich muss noch etwas nachdenken."

„Du grübelst immer noch über Boras Wahl nach?", stellte Klora fest, als sie ihn musterte. „Du kannst schlafen", sie nickte Kraith zu, „ich werde mit Lordi wach bleiben und dich später wecken. Komm", sie streckte ihre Hand aus und führte Lordi etwas abseits, damit sie Kraith mit ihrem Gespräch nicht störten.

Keiner von den drei bemerkte das Augenpaar, dass sie schon einige Zeit aus sicherer Entfernung beobachtete. Als sich Klora und Lordi etwas abseits bewegten, dachte der Mann zunächst, dass es die beiden jetzt gemeinsam den Weg der Liebe gehen würden. Aber das war nicht der Fall. Die beiden setzten sich unter einen Baum, steckten ihre Köpfe zusammen und flüsterten miteinander. Nach einer Weile zog sich der Mann zurück. Für heute hatte er genug gesehen. Er musste sich jetzt ausruhen, um morgen frisch zu sein, wenn die drei die er verfolgte ihren Weg fortsetzten würden.

13

Am nächsten Tag brachen sie nach dem Genuss weiterer Wasser-klopsfrüchte auf und folgten ihrem eingeschlagenen Weg. Durch das gestrige Bad und die Reinigung ihrer Umhänge hatten sie den Gestank des Wasserlochs weitgehend abgelegt. Trotzdem fühlten sie sich, sobald sie an dieses Erlebnis zurückdachten, wieder schmutzig und besudelt.

Lordi war mit seinen Gedanken noch bei seinem gestrigen Ge-spräch mit Klora. Sie hatte ihm mit deutlichen Worten klargemacht, dass eine Seherin ihre Entscheidung erst traf, wenn sie von deren absoluter Richtigkeit überzeugt war. Bora kannte Lordi seit seiner Kindheit und hatte dessen Charakter bei ihrer Entscheidung si-cherlich berücksichtigt. „Bora ist eine sehr erfahrene und weise Seherin, sie hatte sicherlich gute Gründe sich für dich zu entschei-den."

Zum Abschluss ihres Gesprächs hatte Klora Lordi noch die Ge-schichte vom Untergang des Krahnvolkes[11] erzählt. Es handelte

---

[11] vgl. Anhang: Die Buhlbaumrollen

sich dabei um eine wahre Begebenheit aus weiter Vergangenheit. Das Krahnvolk war damals den Empfehlungen seiner Seherin nicht nachgekommen und zur Strafe vollständig ausgelöscht worden.

Gedankenversunken schritt Lordi hinter seinen Gefährten her und achtete nicht weiter auf den vor ihm liegenden Weg. Wahrscheinlich erblickte er gerade aus diesem Grunde das seltsame Zeichen auf einem Felsen, der etwas abseits aus dem Gebüsch herausragte. Der Felsen war bisher von Moos und Flechten bedeckte gewesen. Der lange heftige Regen vor einigen Wochen hatte aber die meisten davon abgewaschen und ein Zeichen freigelegt.

Während Klora und Kraith weitergingen, kam Lordi neugierig näher heran und musterte die Einkerbungen im Stein. Das Wissen über die Bedeutung von Schriftzeichen war im Waldland den Seherinnen vorbehalten. Die einfachen und normalen Bewohner kannten nur einige wenige Symbole. Das Zeichen auf dem Felsen war Lordi deshalb auch nicht bekannt. Vorsichtig legte er seine Hand darauf. Die Stelle fühlte sich warm an. Lordi drückte etwas fester dagegen und schrie erschrocken als sich der Boden plötzlich unter ihm öffnete und er in die Tiefe fiel.

Klora und Kraith fuhren beim Schrei ihres Freundes sofort herum, konnten aber nur noch sehen wie sein Kopf gerade im Boden verschwand. Schnell eilten sie zurück und blickten fassungslos auf den Boden, auf dem vor kurzem noch ihr Gefährte gestanden hatte. Es lag lediglich eine große flache Steinplatte vor ihnen. Von Lordi war keine Spur mehr zu sehen.

„Wo ist er?", Kraith sah sich hektisch um, ob irgendwo eine Bedrohung zu erkennen war, gegen die er den Kampf aufnehmen konnte. Aber es war vollkommen ruhig. Außer ihnen befand sich kein Mensch in der Nähe. Klora musterte das Symbol. Sie erkannte sofort, dass er sehr alt war. Es ähnelte dem Zeichen der Seherinnen für Zuflucht. War allerdings deutlich roher gehalten.

„Was sollen wir tun?", Kraith blickte die Seherin besorgt an. Klora begriff, dass sie in der Zwischenzeit von ihm als Anführerin anerkannt wurde. Und natürlich erwartete er jetzt, dass sie einen Rat wusste. „Lass mich nur kurz überlegen." Sie legte sich auf den Weg und schloss die Augen. Sie konzentrierte sich auf Boras Gedankenlinien. Erstaunt musste sie feststellen, dass sie keine Verbindung herstellen konnte. Bora musste sehr weit entfernt sein,

oder sie war momentan nicht bei Bewusstsein, was aber sehr un-
gewöhnlich gewesen wäre. Seufzend stand Klora wieder auf. „Wir
müssen dieses Problem allein lösen. Komm lass uns den Felsen
hier genauer absuchen. Lordi kann sich schließlich nicht einfach in
Luft aufgelöst haben."

Kraith klopfte den Felsen ab und drückte irgendwann seine Hand
voll auf das alte Symbol – der versteckte Mechanismus klappte die
Steinplatte erneut auf und Klora und Kraith stürzten ebenfalls in
die Tiefe.

Wenige Minuten später kam der Mann, der sie seit längerem verfolgte an dieser Stelle vorbeigeeilt. Er machte sich insgeheim Vor-
würfe. Offensichtlich war er zu vorsichtig gewesen und hatte einen
zu großen Abstand gelassen. Er hatte die drei aus den Augen verloren. Den Weg konnten sie nicht verlassen haben, weil es verboten war das umliegende Waldland zu betreten. Wahrscheinlich
waren sie aus irgendeinem Grund schneller gelaufen. Ob sie ihn
entdeckt hatten? Nein, er war bisher sehr vorsichtig gewesen. Der
Mann verfiel in einen leichten Trab, um die drei Waldmenschen vor
ihm wieder einzuholen.

14

Klora und Kraith landeten in einem großen Erdloch, von dem mehrere breite Gänge in verschiedene Richtungen führten. Ihr Fall war nicht besonders tief gewesen, so dass sie außer dem Schrecken keine körperlichen Blessuren erlitten hatten.

„He – seht euch das hier an!" Die beiden fuhren erschrocken herum und erblickten Lordi der aufgeregt vor einer großen Steinplatte stand, die an einer Wand lehnte. Neugierig kamen seine Begleiter näher. „Hast du dich verletzt?", besorgt sah ihn Klora an, doch Lordi schüttelte abwehrend seinen Kopf und zeigte erregt auf die Steinplatte. Eine Seite davon war so bearbeitet worden, dass sie fast vollkommen glatt war. Auf dieser Fläche waren Pflanzen und Tiere eingeritzt worden. Es handelte sich um unbeholfene und einfache Steinzeichnungen von Pflanzen und Tieren. Nur … keine der Abbildungen erinnerte die drei an Pflanzen oder Geschöpfe, die sie kannten.

Vorsichtig tippte Klora auf eines der Tierzeichnungen. „Das hat eine entfernte Ähnlichkeit mit einem Krahck. Aber das hier", sie zeigte auf ein anderes Tier, „oder das hier … so ein Lebewesen habe ich noch nie gesehen."

„Geht mir genauso", murmelte Kraith und schritt während er sich neugierig umsah, weiter in einen der Gänge hinein. „Hier sind weitere Schriftzeichen angebracht Klora. Vielleicht kannst du damit etwas anfangen."

Die Angesprochene lief rasch zu der Stelle hinüber und betrachtete nachdenklich die Wand. Nach einer Weile schüttelte sie bedauernd ihren Kopf. „Tut mir leid. Es gibt zwar einige Ähnlichkeiten, mit Zeichen, die ich kenne, aber das war es dann auch schon."

„Ich denke du bist eine Seherin und kennst alle Symbole und Zeichen?", Lordi legte seinen Kopf etwas schräg und sah Klora neugierig an. „Das stimmt. Aber das hier sind keine Symbole unserer Zeit. Sie stammen anscheinend aus der Vorzeit. Die Geschichten und Wahrheiten aus der Zeit vor der Entstehung unseres Waldlandes kenne ich nur zum Teil. Sie werden mir im vollen Umfang erst nach der Ankunft am Berg Dahn offenbart. Trotzdem, ich glaube ich weiß, wo wir uns hier befinden." Klora setzte sich auf einen

Felsblock. „Es gab in der Zeit vor dem Entstehen des Waldlandes, in dem wir leben Gebiete, in denen sich die Menschen sogenannte Zufluchten anlegten. Es handelte sich um Erdlöcher oder Höhlen, in denen sie sich bei drohender Gefahr zurückziehen und verbergen konnten. In so einer Zuflucht müssen wir uns befinden. Das Leben war damals ein stetiger Kampf gegen eine harte Umwelt und eine mörderische und äußerst gefährliche Tierwelt. Olkhs waren damals noch Geschöpfe der friedlicheren Art."

„Aber vor Tieren versteckt man sich doch nicht, da nimmt man den Kampf auf", Kraith blickte fasziniert auf die Steinzeichnungen. „Oder man springt in eine übelriechende Erdbrühe", fügte Lordi humorlos hinzu. „Vielleicht herrschte Krieg zwischen den einzelnen Völkern? Was soll das hier eigentlich darstellen?" Kraith zeigte auf ein eingeritztes Zeichen, das einer dämonischen Fratze glich.

„Ich weiß es leider nicht", seufzte Klora, „es könnte alles möglich bedeuten. Aber ich glaube nicht, dass wir uns darüber Sorgen machen sollten. Die Zeiten, in denen dieses Erdloch gebaut wurde, sind schon lange vergangen." „Eine andere Frage: Wie kommen wir hier wieder heraus", Lordi sah sich suchend um. „Wir gehen einfach diesen Weg entlang", Klora zeigte auf einen der Gänge,

„weil", fügte sie schnell hinzu, als sie sah, dass Kraith Einwendungen hatte, „hier befindet sich ein Symbol das Ähnlichkeit mit dem mir bekannten Zeichen für Pfad hat. Die Zeichen an den anderen Wegen kann ich nicht deuten, aber sie wirken auf mich irgendwie … nun nicht gerade bedrohlich, aber auch nicht so, als wenn man von dort weiterkommen würde. Eher wie Hinweise auf weitere Zufluchten. Wir haben momentan leider keine Zeit alle Gänge zu untersuchen." Kurz entschlossen betrat Klora den von ihr gewählten Weg und schritt hinein.

Es war dämmrig in der Tiefe, wurde aber nicht vollkommen finster. Der Gang war zweifellos von Menschen angelegt worden. Kein Tier konnte so ebene und zielgerichtete Wege anlegen. Irgendwo musste etwas Tageslicht hereinkommen, sonst wäre es viel dunkler gewesen. Es ging zunächst eine Zeitlang bergab, später dann genauso gleichmäßig wieder bergauf. Immer wieder kamen die drei an Felszeichnungen vorbei, die weitere unbekannte Pflanzen und Tiere darstellten. „Es muss damals eine sehr unheimliche Zeit gewesen sein", murmelte Lordi beklommen.

„Es war auf jeden Fall eine wesentlich gefährlichere Zeit, wie die in der wir augenblicklich leben", bestätigte Klora, „sonst hätte es nicht solcher Zufluchten bedurft."

„Ich spüre einen Luftzug", Kraith deutete nach vorne, „anscheinend nähern wir uns einem Ausgang." Vorsichtig schritten die drei weiter und tatsächlich wurde es stetig heller und lauter. Sie hörten den Bach wieder, also mussten sie sich immer noch in seiner Nähe aufhalten. Nach einer Weile wurde der Gang ganz schmal, so dass gerade noch ein Waldmensch hindurchschlüpfen konnte. Der enge Spalt endete in einem dichten Gestrüpp, aus dem sich die drei nur mühsam durcharbeiten konnten.

„Da vorne ist unser Bach und hier unten ist der Weg", Lordi wollte loslaufen, doch Kraith hielt ihn fest und drückte ihn rasch zu Boden. Er machte Klora ein Zeichen, dass sie sich ebenfalls hinlegen sollte. Dann zischte er seinen zwei Begleitern zu, „wir sind unter den Bach hindurchgelaufen und befinden uns jetzt auf der anderen Seite. Dort drüben ist die Stelle an der Klora und ich bereits waren, als Lordi in das Loch gefallen ist. Erkennst du die zwei ineinander gewachsenen Bäume Klora?" „Stimmt", die Seherin nickte bestätigten, „da waren wir vorhin tatsächlich."

„Gut", Kraith nickte zufrieden, „und jetzt seht mal da hinunter. Da drüben ist ein Mann, er scheint etwas zu suchen."

„Uns!", stellte Lordi spontan fest und Klora und Kraith widersprachen nicht. Auf diesem Pfad waren sie bisher niemanden begegnet. Es lag deshalb nahe anzunehmen, dass der Mann dort drüben hinter ihnen her war. Leider war die Entfernung sehr groß, so dass sie keine Einzelheiten ihres Verfolgers feststellen konnten.

„Wir hatten also sogar Glück, das wir in das Erdloch stürzten", stellte Kraith lakonisch fest. „Wir warten hier, bis der Kerl verschwunden ist, dann gehen wir auf dieser Seite weiter. Dieser Weg führt auch zum Berg Dahn. Wir sind jetzt dem Fremden dort drüben gegenüber im Vorteil, da wir wissen, dass er uns folgt. Bist du damit einverstanden?" Kraith wandte sich an die Seherin, diese nickte und presste ihre Lippen aufeinander. Sie musste unbedingt Kontakt mit Bora aufnehmen. Irgendetwas ging hier vor ... Vielleicht wusste ihre Mentorin mehr.

„Auch wenn es anscheinend niemand interessiert", Lordi blickte Klora und Kraith etwas wehmütig an, anscheinend sahen sie ihn immer noch nicht als vollwertiges Mitglied ihrer Gemeinschaft an, obwohl doch eigentlich er derjenige war, wegen dem man die ganze Reise angetreten hatte „ich bin auch dafür, unseren Weg auf dieser Seite fortzusetzen."

15

Bewahrer Marlik und seine Tochter Ehna saßen gemeinsam unter der alten Kruhmburre des Dorfes und sahen den Kindern der Andus beim Spielen zu. „Vater glaubst du, dass Lordi der Allbewahrer wird?" Marlik seufzte mehrmals bevor er antwortete, „wenn du mich gefragt hättest bevor Bora ihre Entscheidung getroffen hatte, wäre ich jetzt wohl in Gelächter ausgebrochen. Lordi und Allbewahrer was für eine lustige Idee. Aber jetzt nachdem ihn Bora vorgeschlagen hat bin ich mir nicht mehr so sicher. Wenn Bora meint, dass Lordi eine gute Wahl ist, dann wird das wohl so sein. Du weißt Ehna, dass Seherinnen sehr klug sind."

„Klüger als Männer?" Marlik dachte lange über die Frage seiner Tochter nach. Was sollte er darauf nur antworten? Ehna brachte ihn mit ihren Fragen manchmal in arge Erklärungsnot. „Vater sind Seherinnen klüger als die Bewahrer?" Marlik seufzte, Ehna war ein kluges Mädchen. Ihre Fragen bewiesen, dass sie einmal im Rat eine herausragende Rolle einnehmen konnte. Vielleicht wurde sie sogar für die Ausbildung als Seherin ausgewählt. Dann allerdings musste sie das Dorf verlassen. Das würde nicht einfach für ihn und seine Frau werden.

„Vater?" „Ja", Marlik nickte, „ich habe deine Fragen schon gehört. Weißt du Ehna, nicht immer waren die Rollen zwischen Frauen und Männern so verteilt wie jetzt. Vor dem Untergang des ersten Landes bestimmten die Männer über das Wohl der Sippen und die Frauen kümmerten sich lediglich um die Ernte, das Essen und die Erziehung der Kinder. Aber diese Aufteilung war nicht gut." Marlik pflückte eine der süßen Früchte der Kruhmburre und kaute sie genussvoll. „Was war daran nicht gut Vater?" „Weißt du Bora unsere Seherin weiß über die vergangenen Zeiten viel mehr als ich und sie hat mir erzählt, dass die Männer immer wieder versuchten ihren Einflussbereich auszudehnen und deshalb Streit mit Nachbarsippen anfingen. Sie waren nicht zufrieden mit dem zugeteilten oder ererbten Besitz und wollten immer mehr."

„Und jetzt ist es besser?" „Ja Ehna, ich glaube schon. Weißt du Seherinnen heißen nicht so, weil sie voraussehen, sondern weil sie in die Breite sehen. Beobachten, abwägen, überlegen. Und unsere Seherinnen wissen sehr viel über die vergangenen Zeiten. Begangene Fehler müssen nicht wiederholt werden."

Eine Weile herrschte Schweigen zwischen Vater und Tochter. Marlik war sich bewusst, dass seine Tochter gerade über seine

Antworten nachdachte und sicherlich weitere Fragen stellen würde. Ehna war viel wissbegieriger als ihre Brüder. Die verbrachten ihre meiste freie Zeit des Tages mit Spielen, oder lagen faul im Schatten eines Baumes.

„Sind denn Frauen klüger als Männer?" Marlik tat so, als hätte er die Frage nicht gehört. Er stand auf und putzte seine Kleidung ab. „Ich muss jetzt leider zurück, bis später Ehna." Hätte er auf die Frage lügen sollen, oder die Wahrheit sagen? Egal seine Geschlechtsgenossen wären dabei nicht gut weggekommen.

16

Der Wasserlauf, an dem sie jetzt schon fast den ganzen Tag entlang gingen, wurde stetig breiter. Das gegenüberliegende Ufer entfernte sich dabei immer weiter, trotzdem behielten sie es genau im Auge. Keinesfalls wollten sie, dass der fremde Verfolger sie entdecken konnte. Nach einiger Zeit schwenkte der alte Pfad vom Wasser weg und führte wieder tiefer in den Wald hinein. Kraith atmete befreit auf, „damit sind wir unseren unheimlichen Verfolger endgültig los."

„Glaub ich nicht", Klora schüttelte ihren Kopf, „höchstens für einige Tage. Es gibt ein altes Sprichwort: Letztlich führen alle Pfade zum Berg Dahn. Wenn der Fremde seinen Weg weitergeht, werden wir uns irgendwann zwangsläufig wieder begegnen. Spätestens am Aufstieg zum Hain der weißen Frau vereinen sich die beiden Wege wieder. Es gibt nämlich nur einen einzigen steilen Pfad nach oben."

„Vielleicht haben wir Glück …?"

„Glaube ich nicht", unterbrach Lordi Kraiths Zuversicht und blieb abrupt stehen. Vor ihm war wie aus dem Nichts plötzlich ein riesiger … Bründi aufgetaucht. Er schwang eine grobe Holzkeule und schlug mit dieser ein paarmal auf den Boden. Wie auf ein Zeichen von ihm tauchten um sie herum weitere der unheimlichen Wesen auf. Die drei Andus wurden bevor sie auch nur irgendwie reagieren konnten zu Boden geworfen und an Händen und Füssen gefesselt. Zwischen den Fesseln wurden grobe Stangen geschoben, diese wurden von mehreren der grobschlächtigen und behaarten Wesen angehoben und dann wurden sie damit eilig tiefer in den Wald hineingetragen.

„Warum machst du denn nichts?", rief Kraith zu Klora hinüber, als er seine Überraschung über die plötzliche Überrumplung und Fesselung überwunden hatte. „Tut mir leid, das ist mir nur erlaubt, wenn es um unser Leib und Leben geht", antwortete Klora, „noch ist es nicht so weit." „Deine Zuversicht möchte ich haben", knurrte Kraith in sich hinein.

Ihre Entführer bewegten sich trotz der Last, die sie jetzt mitschleppten mit unglaublicher Geschwindigkeit durch den Wald. Sie drangen dabei immer tiefer in unzugängliches Unterholz ein.

Zweimal hielten die zotteligen klobigen Kerle an, ließen ihre Beute rücksichtslos zu Boden fallen und ruhten sich kurz aus. Nach einer Weile ertönte ein kurzer bellender Befehl und die Wesen sprangen sofort auf und rannten weiter. Schließlich tauchten sie in ein fast undurchdringliches Dickicht ein. Einige der Entführer gingen voraus und schoben die unzähligen Zweige beiseite, damit die anderen durch schlupfen konnten. Es dauerte eine Weile, dann erreichten sie einen freien Platz unter einem großen Baum.

Ein Buhlholzbaum, stellte Klora zufrieden lächelnd fest. Der Baum mit welchem die Gilde auf vielfältige Weise verbunden war. Er ermöglichte den Seherinnen die Gedankenreisen und gab ihnen große Kraft und Ausdauer. Klora fühlte sich sofort besser.

Die drei wurden achtlos neben den Baum geworfen. Die Astgabeln wurden entfernt und man setzte sie aufrecht hin. Gegenüber von ihnen saßen mehrere ihrer Entführer. Erst jetzt hatten sie Gelegenheit die Männer näher zu betrachten. Grobschlächtig, behaart, muskulös und irgendwie dümmlich und primitiv wirkend.

„Sie sehen aus wie ... große Bründis", stellte Lordi stotternd fest. „Ich habe solche Wesen noch nie gesehen." „Unsere Welt ist in

Aufruhr geraten. Solche Wesen lebten vor langer Zeit über das ganze Waldland verstreut. Man hat sie zusammen mit anderen Arten, wie den Olkhs in das mittlere Dickicht verbannt. Anscheinend sehen sie ihre Zeit jetzt wieder als gekommen an und haben sich getraut in den äußeren Wald vorzudrängen", flüsterte Klora leise. „Was sind sie?", fragte Lordi zögernd, „sind sie … wie wir?"

„Nein, diese Wesen sind aus einer vergangenen völlig anderen Zeit", ertönte eine tiefe Stimme neben ihm. Lordi und seine Gefährten zuckten zusammen und fuhren herum. Ein … Fremder, hochgewachsen mit weißer heller Haut und langen gelblichen Haaren lächelte sie freundlich an. „Ich bin Hachma", er nickte höflich, „ich bin bereits seit zwei Tagen Gefangener dieser primitiven Urmenschen."

Klora erwiderte den Gruß und stellte sich und ihre Gefährten kurz vor. Neugierig betrachtete sie den Fremden, der einen zerfetzten Umhang anhatte. Offensichtlich hatte er sich nicht so tölpelhaft überrumpeln lassen wie sie, sondern sich mit seinen Entführern einen Kampf geliefert. Zwischen dem zerrissenen Stoff erkannte man die helle Haut und viele Hautzeichnungen.

„Woher kommst du Hachma?" Kraith musterte den Fremden aufmerksam. „Ich habe noch nie einen Waldmenschen mit so einer hellen Haut und solcher Haarfarbe gesehen." „Willst du antworten Schwester?", Hachma lächelte Klora an. In ihrem Kopf ertönte gleichzeitig seine Gedankenstimme, „du hast doch sicher von uns gehört Schwester. Unsere beiden Gilden sind auf geheimen Wegen miteinander verbunden."

Klora räusperte sich und atmete tief aus, dann antwortete sie auf Kraiths Frage: „Hachma kommt von außerhalb des Waldes. Sein Volk lebt jenseits der Waldgrenze." Jedes Wort von Klora traf Lordi und Kraith wie ein Hammerschlag. Ihr gesamtes bisheriges Weltbild brach in diesem Augenblick zusammen. „Ich dachte es gibt keine Welt außerhalb des Waldlandes", flüsterte Lordi ratlos, „… und keine anderen Menschen als uns."

„Pah!" Einer ihrer Entführer, der ihnen gegenüber saß brüllte laut und zornig auf. Mehrmals schlug er aufgebracht mit seiner Keule so stark auf den Boden, dass sich dort kleine Löcher ergaben. Anscheinend wollte er, dass seine Gefangenen sich ruhiger verhielten. „Rahh!" Die Gesten, die er zu diesem Schrei machte, waren eindeutig: Sie sollten gefälligst ihren Mund halten! Finster betrachtete er sie. Nach einer Weile wand er sich an seine versammelten Artgenossen. Abgehackt stieß er einige Worte heraus. Einige der anwesenden Männer lachten, als hätten sie einen unglaublich guten Witz gehört. Andere nickten nur, oder heulten mit erhobenen Köpfen in den Himmel und schlugen mit ihren Keulen auf den Boden.

„Wenn wir sie nur verstehen würden", murmelte Lordi, „dann wüssten wir wenigstens, was sie von uns wollen." „Du könntest deinem Gefährten antworten Klora", Hachmas Gedanken ertönten im Gehirn der jungen Seherin. „Du hast doch auch ihre primitiven Vorhaben lesen können." Klora seufzte und antwortete auf die gleiche unverständliche Weise: „Ja, aber ich bezweifle, dass meine Gefährten das hören wollen." Flüsternd raunte sie Lordi und Kraith anschließend zu: „Mich wollen sie verschleppen, anscheinend leiden sie unter einem Frauenmangel. Es scheint, dass Männer so primitiv sie auch sind keine anderen Gedanken haben. Euch werden sie, wenn ich die simplen Gesten richtig deute, zu einem Festmahl einladen."

„So kann man es auch ausdrucken Schwester", Hachma räusperte sich, „du kannst auch sagen, dass diese primitiven Wesen uns zum Fressen gernhaben." „Pah!" Erneut ertönte ein laut gebrüllter Schrei. Alle drehten sich in die Richtung, aus der er kam. Das Dickicht war in Bewegung. Kurze Zeit später tauchte ein weiterer Trupp der mysteriösen Urmenschen auf, die zwei weitere Gefangene mit sich trugen.

„Wenn es so weitergeht, werden sie am Berg Dahn ein Problem bei der Wahl des Allbewahrers bekommen", murmelte Kraith sarkastisch und bekam prompt einen ordentlichen Schlag des vermeintlichen Anführers. „Rahh!" „Ruhig bleiben Kraith", flüsterte Lordi. Erstaunt sah Klora ihren Gefährten an. Lordi hatte sofort richtig reagiert. Sie hatten, gefesselt wie sie waren, nicht den Hauch einer Chance gegen diese primitive Meute. Es blieb ihnen momentan nichts anderes übrig als sich möglichst ruhig und unauffällig zu verhalten. Es würde sich schon noch die Möglichkeit für einen Gegenangriff ergeben. Hoffte sie! „Unsere Zeit kommt schon noch Kraith", raunte sie dem Gefährten besänftigend zu

Die zwei neuen Gefangenen wurden rücksichtslos zu Boden geworfen. Klora runzelte verärgert ihre Stirn. Die beiden Männer waren übel zugerichtet worden. Nach den Stofffetzen, die ihnen am Leib hingen waren es Angehörige des Kranzvolkes. „Hahhch!" Einer der herumstehenden zotteligen Gestalten stieß mit einer Keule nach einem der Gefangenen. Dieser heulte schmerzhaft auf. Erneut bekam er einen Schlag mit der Keule. Abermals schrie der gepeinigte Mann auf.

„Hört endlich auf!", sein gefesselter Gefährte richtete sich mühsam auf, „lasst ihn endlich in Ruhe!" Als er endlich stand, senkte er seinen Kopf und rannte auf seinen Gegner zu. Der Urmensch mit der großen Keule schlug blitzartig zu und fällte den Heranstürzenden mit einem unglaublich starken Hieb. Der Mann war sofort tot. Als er zu Boden fiel, bestand sein Kopf nur noch aus einer Masse aus Knochen, Blut, Gehirn und Gewebewasser.

Entsetzt sah Klora auf den toten Angehörigen des Kranzvolkes. Ihre Gegner zeigten keinerlei Reaktion. Mit einer abfälligen Bewegung bedeutete der Anführer der Urmenschen, dass die Leiche weggebracht werden sollte. Anschließend deutete er grinsend auf Klora, machte einige eindeutige Gesten, hob sie anschließend hoch und warf sie sich über seine Schultern. Breitbeinig schritt er auf das nahe Dickicht zu. Die herumstehenden Männer grinsten und schlugen mit ihren Keulen johlend auf den Boden.

„Ruhig bleiben", mahnte Hachma, als er sah, dass Kraith wütend an seinen Fesseln zerrte. „Deine Begleiterin ist eine Seherin. Ich bin überzeugt davon, dass der grobe Kerl nicht viel Freude mit ihr haben wird."

17

Klora landete unsanft auf dem Boden. Der urwüchsige Waldmann stellte grob einen Fuß auf einen ihren Oberschenkel, während er ihre Fesseln löste. Mit einem Ruck riss er Klora ihren Umhang vom Leib. Anschließend spuckte er zufrieden auf den Boden. Grinsend griff er sich an seinen primitiven Lendenschurz. „Das würde ich an deiner Stelle bleibenlassen", Klora schob mühelos den Fuß des Mannes beiseite und richtete sich langsam auf. Ihre Stimme war mit jedem Wort dunkler, tiefer und dröhnender geworden. Gleichzeitig schien es, als würde ihr Körper zu wachsen beginnen. Ihre Augen vergrößerten sich und leuchteten hell auf.

Der Mann wich entsetzt zurück. Aus dem Lager klang immer noch höhnisches und böses Gelächter. Klora stand jetzt direkt vor dem Urmenschen, aus dessen Gesicht in der Zwischenzeit jegliche Farbe gewichen war. „Du!", Klora zeigte mit erhobenem Finger auf ihn, „wirst dich jetzt nicht mehr von dieser Stelle bewegen." Während sie sprach, hatte sie einen der herumliegenden Äste ergriffen und auf dem Boden einen Kreis um den Mann markiert.

Klora nahm wieder ihre normale Gestalt ein. Sie griff nach ihrem Umhang und zog diesen wieder an. Soweit es ihr möglich war, reinigte sie ihre dreckige Kleidung. Aus den Augenwinkeln sah sie wie der Mann seine Starre überwunden hatte und sich vorsichtig auf sie zubewegte. Klora konzentrierte sich auf den markierten Kreis. Die Entzündung von lebloser Materie über die Gedankenwege hatte ihr während ihrer Ausbildung bei Bora stets große Mühe bereitet. Sie hatte lange Zeit benötigt, bis sie in die Tiefe der leblosen Dinge hatte eindringen können und dort die Struktur soweit verändern konnte, dass sie zu brennen begannen. Jetzt konnte sie endlich anwenden, was sie so mühsam erlernt hatte.

Als der Urmensch den Kreis berührte begann dieser zu brennen. Hohe Flammen züngelten empor und bewegten sich züngelnd auf den Mann zu. Dieser wich entsetzt zurück, stolperte und kam in der Mitte des Kreises wieder zum Liegen. Die Flammen erloschen.

Klora lächelte, den Anführer hatte sie damit eliminiert. Der arme Kerl würde es die nächste Zeit nicht mehr wagen den markierten Kreis zu verlassen. Sie ging langsam auf den Mann zu. Dann zeigte sie ein paarmal auf ihn und dann auf den verbrannten Kreis, welchen das Feuer zurückgelassen hatte. Immer wenn sie von ihm aus auf den Kreis deutete, begann dieser kurz hochzulodern. Nach einer Weile senkte der Mann resignierend seinen Kopf und schloss die Augen, er hatte begriffen.

Klora ging langsam zum Lager zurück. Sie befand sich momentan in einem Zwiespalt. Als Seherin durfte sie sich zwar wehren und auch durchaus Gewalt anwenden. Aber nach dem Codex der Gilde eben nur, wenn sie angegriffen wurde, oder wenn das Leben von ihr oder ihren Gefährten auf dem Spiel stand. War das hier der Fall? Klora beschloss diese Frage zu bejahen. Die Art und Weise wie mit den beiden Männern des Kranzvolkes umgegangen war, ließ keinen anderen Schluss zu.

Die Urmenschen hatten anscheinend eine ganz andere Vorstellung von Moral oder Anstand. Sie handelten unzivilisiert, roh und primitiv. So wie es eben bei ihrer Art war. Rasch sprach sich Klora mit Hachma über die Gedankenwege über ihr weiteres Vorgehen aus. Sie hatten nicht viele Möglichkeiten, da ihre Gegner zahlenmäßig weit überlegen waren. Aber vielleicht half ihnen das Überraschungsmoment?

Hachma senkte seinen Kopf zu Kraith hin. „Klora wird in Kürze für Verwirrung im Lager sorgen. Wir werden diese Gelegenheit nutzen und flüchten. Du kümmerst dich um ihn", er machte eine Kopfbewegung in Richtung des Mannes aus dem Kranzvolk. „Ich werde zusammen mit deinem Gefährten fliehen. Wir nehmen verschiedene Richtungen, dadurch wird die Verfolgung schwieriger. Die Bande hier ist dann gezwungen sich aufzuteilen. Du ..."

Hachma und Kraith konnten sich flüsternd austauschen, weil die Urmänner begonnen hatten sich lautstark miteinander auszutauschen. Es fand aber weniger ein Gespräch statt als ein lautes Gegrunze und Gebrüll, dass nicht selten in einer kurzen Handgreiflichkeit endete. Niemand achtete mehr auf die Gefangenen. Hachma war es gelungen seine Fesseln zu lösen. Er befreite vorsichtig auch die anderen und informierte Lordi dabei über den bevorstehenden Fluchtversuch.

Vom Lagerrand erklang plötzlich lauter heller Gesang. Alle Blicke richteten sich überrascht in diese Richtung. Klora kam langsam herangetanzt. Sie bewegte sich leicht, fast schwebend. In den Händen trug sie einen Strauß gepflückter Blumen. Den Urmenschen musste sie in diesem Augenblick wie eine Göttin erschei-nen. Sie verbeugte sich vor einem besonders wild aussehenden Mann und reichte ihm eine Blume. „Für dich du dreckiger hässli-cher Abschaum", sang sie mit glockenheller Stimme. Der Ange-sprochene sah sie verzückt an. Klora tanzte weiter, „auch du mein schmutziger, übelriechender Ausbund an Hässlichkeit", der nächste Urmensch bekam eine Blume. Klora bewegte sich lang-sam wieder zurück an den Rand des Lagers. Alle Augenpaare wa-ren immer noch gebannt auf sie gerichtet. Aus den Augenwinkeln sah sie wie Hachma gemeinsam mit Kraith Lordi und den fremden Kranzmann an den Händen gepackt hatten und vorsichtig, um kei-nen Lärm zu machen aus dem Lager verschwanden.

„Ach ihr seid alle so dreckig und stinkt wie eine ganze Schar von…", Klora befand sich kurz vor einem Dickicht, sie bückte sich rasch, schlüpfte durch die engen Äste und Zweige und rannte eilig auf der anderen Seite rasch weiter. Sie hatte, als man sie herge-tragen hatte gesehen, dass sich etwas entfernt vom Lager ein gro-ßer Dornbusch befand. Dieser Busch war das perfekte Versteck für sie. Rasch hob sie einen dicken Ast auf, der am Boden lag. Mit diesen schob sie die stachligen Zweige des Busches hastig bei-seite, bis sie das Stück nackter Erde sah, dass völlig frei von der dichten dornigen Außenbewachsung des Busches war. Sie schlüpfte hinein und wurde sofort von der undurchdringlichen blickdichten Dornbuschwand verschluckt.

Geschrei und zorniges Gebrüll ertönte. Die Ureinwohner hatten die Flucht der Gefangen bemerkt. Und jetzt war auch noch die fremde Frau verschwunden. Trotz ihrer Primitivität kapierten sie, dass man sie hereingelegt hatte. Zornig brüllten sie auf und rannten wild durcheinander. Innerhalb weniger Augenblicke breitete sich ein großes Chaos aus. Die Ureinwohner liefen in den Wald hinein, suchten ihren Anführer und entdeckten ihn schließlich völlig verängstigt am Boden sitzend. Er wollte sich einfach nicht von der Stelle bewegen.

Dieses merkwürdige Verhalten beendete einer der herumstehenden Männer schließlich damit, dass er ihm mit einem Knüppel auffordernd auf dem Kopf schlug. Der Anführer brach zusammen und der andere Mann knurrte zufrieden. Er hob den Bewusstlosen hoch, warf ihn sich über seine Schulter und folgte mit seiner Last den anderen, welche immer noch nach den verschwundenen Gefangenen suchten.

18

Bora befand sich übergangslos in einer völlig anderen Welt. Die Tür, der alte Buhlbaum, die Senke ... Nichts von alle dem war mehr vorhanden. Nicht der kleinste Hinweis auf den Ort an dem sie sich noch vor kurzer Zeit befunden hatte.

Sie hatte den Eindruck, dass sie in diesen wenigen Sekunden eine sehr weite Strecke zurückgelegt hatte. Ein sehr schwer zu beschreibendes Gefühl von Entfernung und vor allem völliger Fremdheit. Und doch auch ... von etwas, dass ihr tiefes Vertrauen einflößte.

Sie stand auf einem schmalen mit kleinen Steinen belegten Weg. Wo war nur der sichere Wald ... die alten Bäume ... ihre Heimat? Bora hatte ihr ganzes Leben lang nichts Anderes als tiefen Wald um sich gehabt. Es gab zwar im Waldland auch einige größere Lichtungen. Aber von diesen öden Stellen konnte man in kürzester Zeit jederzeit wieder in das schützende Dickicht flüchten.

Vielleicht war der Wald hinter ihr? Bora drehte sich rasch um die eigene Achse. Aber sie sah auch hinter sich nur diesen schmalen

Weg, der sich durch eine Steinwüste bis zum Horizont schlängelte und dort verschwand.

Für einen unbeteiligten Beobachter würde es aussehen, als wäre sie schon lange auf diesem Weg unterwegs und befand sich jetzt gerade erst in der Mitte einer sehr weiten Strecke.

Kein Waldland weit und breit! Was wohl noch vor ihr lag? Bora hatte keine Ahnung. Sie konnte sich nicht vorstellen, wo sie war. Immer noch auf Pallus? Es war im Grunde nicht wichtig, denn ihr blieb nichts Anderes übrig, als dem eingeschlagenen Weg zu folgen.

So ging sie weiter, setzte ergeben einen Schritt vor den anderen. Das Gefühl für die Zeit hatte Bora verloren. Sie folgte einfach stur dem steinigen Pfad.

„Man muss die Kraft und Geduld haben, einmal eingeschlagene Wege auch zu Ende zu gehen", Bora erinnerte sich an ein Gespräch mit der weisen Frau vom Berg Dahn. „Das heißt aber nicht, dass man, um ein Ziel zu erreichen, nicht auch mal alte ausgetretene Pfad verlassen sollte." Bora blieb stehen und schloss kurz ihre Augen. Als sie diese wieder öffnete, verließ sie entschlossen den Weg und setzte den ersten Schritt in die steinerne Welt hinaus. Sie sah sich nach einem lohnenden Ziel um. Gerade als sie den Horizont absuchte, bündelten sich dort die Strahlen der einsamen Sonne und beschienen einen in der Ferne liegenden Felsen. Dieser leuchtete für einen Moment auf, als hätte er Feuer gefangen. War das ein Zeichen an sie?

Dankbar senkte Bora ihren Kopf und machte sich auf den Weg. Sie ging auf den Felsen zu. Die Strahlen der Sonne hatten sich in der Zwischenzeit ein anderes Ziel gesucht, aber Bora ließ sich davon nicht beirren. Ihr Weg führte zu diesem Felsen. Dieses Ziel war so gut wie jedes andere. Und irgendeines benötigte man, wenn man vorwärtskommen wollte.

Das Waldland war tagsüber von Rham und Tham beschienen worden. Zwei Sonnen mit unterschiedlichen farbigen Strahlen, die, wenn sie sich vereinigten Großes bewirken konnten. So hieß es jedenfalls in einer der alten Buhlbaumrollen.
Hier wo sie sich befand, gab es nur eine Sonne. War sie überhaupt noch auf Pallus?

Der Untergrund, auf dem sie lief war sehr uneben und mit Steinen übersäht. Aber Bora hielt stur auf das von ihr gewählte Ziel zu. Endlich erreichte sie den Felsen. Es war ein einzelner aufrechtstehender etwas bläulich schimmernder Felsblock. Vorsichtig berührte Bora den Stein und stellte erstaunt fest, dass dieser absolut glattgeschliffen war. Außerdem fühlte sich der Stein angenehm warm an.

Bora umrundete den seltsamen Felsen mehrmals. In der Zwischenzeit war sie überzeugt das Richtige getan zu haben, als sie den Weg verlassen hatte. Dieser … Felsen war nicht aus Stein. Er war nicht gewachsen. Das Material war anders. Bora konnte es nicht erklären, aber sie war überzeugt davon, dass dieses seltsame Gebilde, das einem Felsen glich, nicht natürlichen Ursprungs war. Es war einfach zu ebenmäßig, glatt und ohne jegliche natürliche Maserung.

Bora drückte mit ihren Händen nochmals auf die Fläche und spürte erneut die angenehme Wärme, die von dort ausging. Es war irgendwie beruhigend und schön … dann ergriff etwas ihre Hände und sie wurde mit einem Ruck in das Gebilde hineingezogen.

19

Hachma und Lordi waren - ohne sich auch nur ein einziges Mal umzublicken - so schnell sie nur konnten immer tiefer in den Wald hineingerannt. Sie hatten schon eine weite Strecke hinter sich, als sie auf einmal lautes Gebrüll hinter sich hörten. Ihre Flucht war bemerkt worden! Der großgewachsene Fremde deutete hastig in eine Senke hinunter.

Lordi nickte zustimmend und gemeinsam rannten sie den Hang hinunter. Die Idee war nicht schlecht. Man konnte sie jetzt zumindest nicht mehr sehen. Allerdings mussten sie auf der anderen Seite wieder hoch, dann war vor allem der weiße Fremde auch aus weiter Entfernung wieder gut zu erkennen.

Dort drüben stand ein Lardbaum! Lordi kam eine Idee, er packte Hachma am Arm und zog ihn rasch mit zu dem Baum. Dort trampelte er auf dem Boden wie wild herum. Hachma betrachtete ihn verständnislos. Wahrscheinlich zweifelt er an meinem gesunden Verstand, dachte Lordi und musste trotz der gefährlichen Situation einen Augenblick grinsen. Er bedeutete Hachma, dass er ihm, ohne irgendwelche Spuren zu hinterlassen vorsichtig folgen sollte.

Als sie ein gutes Stück von dem Lardbaum entfernt waren, nickte Lordi zufrieden. Er hoffte, dass die Urmänner auf seinen simplen Trick hereinfallen würden. Voraussetzung war natürlich, dass sie annahmen, dass die Flüchtenden tatsächlich so dumm gewesen waren, ausgerechnet Schutz auf einem Lardbaum zu suchen. Sie würden dann nämlich in einer Falle sitzen! Bis ihre Verfolger aber sämtliche Nester des Lardbaumes untersucht hatten würde hoffentlich genügend Zeit vergehen. Bis dahin könnten Hachma und er weit weg von hier sein.

„Da hinunter Richtung zu dem großen Felsen, der aussieht wie …", Lordi brach ab als ihm einfiel, dass ihn Hachma nicht verstehen konnte. Er zeigte mit seinen ausgestreckten Händen mehrmals auf den Felsen und lief dann los. Hachma folgte ihm. Aus den Augenwinkeln stellte Lordi fest, dass Hachma es ganz offensichtlich nicht gewohnt war sich in dichtem Wald fortzubewegen. Er kam lang nicht so schnell vorwärts wie er selbst. Immer wieder wich er irgendeinem Ast oder einem Stein aus, statt einfach darüber zu springen. Doch trotz aller Vorsicht stolperte er plötzlich über eine hochstehende Wurzel stürzte kopfüber den Hang hinunter und blieb dort leblos liegen.

Lordi rannte hastig hinter Hachma hinterher und kniete sich zu seinem Gefährten hinunter. Hachma atmete regelmäßig. Anscheinend hatte er lediglich einen kräftigen Schlag auf den Kopf erhalten und war deshalb bewusstlos geworden. Lordi presste die Lippen zusammen. Was nun? Sie konnten nicht hierbleiben. Irgendwann würden ihre Verfolger den Trick mit dem Lardbaum bemerken und erneut ausschwärmen. Sie brauchten ein Versteck bis Hachma wieder bei Sinnen war und zwar möglichst schnell.

Verzweifelt suchte Lordi hastig die nächste Umgebung ab. Neben einem Dornstrauch roch es aus einem Loch penetrant nach vergorenem Obst. Lordi verzog angeekelt sein Gesicht und wand sich ab. Eine verlassene Bruthöhle der Gamschkriecher![12] Kleine Nager die fleißig im ganzen Wald Früchte sammelten, ihn in ihren Bruthöhlen schleppten und dort lagerten, bis sie zu gären begannen. Der Geruch war so unglaublich betäubend süß, dass sich kein anderes Lebewesen in die Nähe der Bruthöhle wagte. Die Aufzucht des Nachwuchses der Gamschkriecher verlief deshalb sicher und unbehelligt von Raubtieren. Zumindest solange bis die Kleinen dann eines Tages die Höhle verließen. Denn die Raubtiere

---

[12] vgl. Anhang: Die Buhlbaumrollen

kannten natürlich die Gewohnheiten der Gamschkriecher. Irgendwann würden diese die stinkende Höhle verlassen. Für die jungen Gamschkriecher war es das erste Mal, dass sie die Dunkelheit ihrer warmen Höhle verließen. Sie waren die Helligkeit nicht gewohnt. Für einige Stunden waren sie fast blind und damit eine leicht zu fangende Beute.

Lordi sah nochmals zu der Höhle hinüber. Sie war bereits verlassen, sonst würde sie noch viel intensiver stinken. Die Brutzeit der Gamschkriecher begann erst wieder in einigen Mondtagen. Da keine Höhle von den Nagern zweimal benutzt wurde, würde sie jetzt auf jeden Fall unbewohnt sein. Kein anderes Tier benutzte wegen des Gestanks die Höhle weiter.

Und dann tat Lordi etwas, was vor ihm wahrscheinlich noch kein Waldmensch getan hatte, er rannte zu Hachma hinüber und schleppte den großen Mann mühsam zu der Bruthöhle und zwängte ihn dort durch die Öffnung. Die Höhlen waren weiter unten sehr geräumig und mit Gras und Moos gepolstert. Das wusste Lordi von Marlik der einmal eine seit Jahren unbewohnte Höhle gefunden hatte, welche ihren Eigengeruch verloren hatte und deshalb untersucht werden konnte.

Lordi sah sich um und verwischte ihre Spuren. Dann holte er tief Luft, es würde für lange Zeit die letzte frische Luft gewesen sein, die er einatmen konnte. Angeekelt verzog Lordi sein Gesicht und schob sich entschlossen durch die Höhlenöffnung.

20

Kraith riss seinen apathischen Begleiter energisch mit in den Wald hinein. Er bemerkte bald, dass er mit diesem Gefährten nicht viel anfangen konnte. Zwar lief dieser neben ihm her, aber es fehlte ihm einfach der nötige Antrieb. Immer wieder musste er den Mann auffordern ihm zu folgen, oder schneller zu laufen.

Der Angehörige des Kranzvolkes wirkte völlig apathisch. Kein Wunder schließlich hatte man vor kurzem seinen Gefährten bestialisch erschlagen. Kraith wusste auch nicht welches Verhältnis zwischen den beiden bestand. Vielleicht waren es zwei Männer welche gemeinsam eine Einheit bildeten. Kraith selbst vollzog das Ritual der Vereinigung grundsätzlich nur mit Frauen. Aber er hatte davon gehört, dass es auch Vereinigungen mit dem gleichen Geschlecht gab. Für Kraith selbst war das unverständlich, aber völlig in Ordnung, schließlich ging es bei dem Ritual um die Vereinigung zweier Liebender.

„So hat es keinen Sinn", er griff nach seinem Begleiter. „Wie heißt du eigentlich?" Kloor", kam etwas gleichgültig die Antwort. „Gut hör zu Kloor: Ich weiß, dass du etwas Schreckliches erlebt hast. Ich habe schließlich den brutalen Schlag auch gesehen. Aber wenn wir nicht wollen, dass wir wieder eingefangen werden und es uns dann genauso, oder vielleicht sogar noch schlimmer wie deinem Kameraden ergeht, müssen wir so schnell als möglich weit weg von hier."

Kloor nickte verstehend. „Gut", Kraith ergriff seinen Gefährten bei den Schultern. „Ich habe einen Plan. Wie gut bist du zu Fuß? Wir haben einen anstrengenden Lauf vor uns." „Ich werde dir folgen, so schnell wie ich kann." Kraith ließ Kloor los. „Ich versuch uns in Sicherheit zu bringen." Vorsichtig sah er sich um. „Sie haben unsere Spur noch nicht gefunden." Aufmunternd schlug er Kloor auf die Schulter. „Jetzt komm – lauf!"

Kraith rannte los. Er sah sich nach seinem Gefährten nicht mehr um. Aber er hörte dessen Geräusche. Kloor atmete heftiger als er selbst und benötigte mehr Schritte, aber er fiel nicht zurück. Anscheinend hatte ihr kurzes Gespräch ihn etwas aus seiner lähmenden Lethargie gerissen. Sie hatten kurz danach die Stelle erreicht, in der man Kraith und seine Gefährten überwältigt hatte. Kraith rannte, ohne anzuhalten weiter. Er wusste nicht wie schnell sich

die Urmänner fortbewegen konnten. Ihre Körper hatten sich unterschieden von denen von Waldmenschen. Die Arme waren etwas
länger gewachsen, die Füße dafür stämmiger und kürzer gewesen. Kraith hatte keine Ahnung wie sich das auf die Beweglichkeit
ihrer Verfolger auswirkte.

Endlich erreichten sie das Gestrüpp, das den unterirdischen Gang
verdeckte. „Folg mir und mach dabei so wenig Spuren wie möglich." Kraith hätte nicht gedacht, dass er noch einmal den unterirdischen Gang betreten würde. Klora hatte gesagt, dass es sich um
eine Zuflucht aus grauer Vergangenheit handeln würde. Und einen
solch sicheren Aufenthaltsort benötigte er und sein Gefährte jetzt
dringend.

Kraith verschwand in der Höhle. Kloor stand staunend neben ihm.
„Wir müssen noch weiter. Hier können wir immer noch gefunden
werden." Kraith betrat das Höhlensystem und ging rasch weiter. Er
fühlte sich jetzt schon um einiges sicherer. Ohne sich um irgendwelche Steinzeichen zu kümmern, lief er zu der Steinplatte, welche
den Eingang auf der anderen Seite verschloss. Er verschob sie mit
großer Kraftanstrengung soweit beiseite, dass er hindurchkriechen
konnte. Er legte sich anschließend auf den Boden hin und half

Kloor hinaus. Gemeinsam schoben sie die Steinplatte wieder zurück. Anschließend schoben sie zusätzlich einen herumliegenden schweren Stein auf die Platte.

Erschöpft fiel Kraith zu Boden. „Das sollte reichen", sein Brustkorb bewegte sich heftig. Nur langsam kam er wieder zu Luft. Mit seinen Händen wischte er sich den Schweiß aus dem Gesicht. „Setz dich Kloor, hier sind wir sicher." Sein Gefährte nickte und kroch erschöpft in den Schatten eines Busches. Dort brach er zusammen und war kurz darauf entkräftet eingeschlafen. Anscheinend hatte sich er sich völlig verausgabt. Aber immerhin hatte er durchgehalten. Kraith blickte voller Hochachtung auf den erschöpften Mann.

Anschließend suchte er sich eine Stelle, von der aus er das gegenüberliegende Ufer beobachten konnte. Tatsächlich tauchten nach einer Weile ihre Verfolger auf. Sie waren schneller gewesen als er angenommen hatte. Nicht auszudenken, was geschehen wäre, wenn sie auch nur einmal angehalten hätten, um eine kurze Rast einzulegen.

Kraith beobachtete, wie die Urmänner das gegenüberliegende Ufer absuchten. Auf die Idee, dass die Flüchtenden den Bach überquert hatten, kamen sie nicht. Offensichtlich schreckten sie selbst vor dem Gewässer immer wieder zurück. Wasser flößte ihnen anscheinend großen Respekt ein. Gebrüll ertönte, der Anführer bellte einige Befehle. Ein Lager wurde errichtet. Kraith beobachtete wie ein Teil der Urmänner den Weg weiterverfolgten, der am Bach entlangführte. Die anderen lagerten am Bach. Als es dunkel wurde, entzündeten sie mehrere kleine Feuer. Der Geruch von gebratenem Fleisch wehte herüber.

Erschrocken fuhr Kraith zusammen, als es neben ihm plötzlich raschelte. „Keine Angst", Kloor schob sich neben ihm und sah ebenfalls zum gegenüberliegenden Ufer hinüber. „Sie suchen nur das andere Ufer ab", murmelte Kraith und legte sich auf den Rücken.

„Was machen wir jetzt Kraith?", Kloor setzte sich ihm gegenüber und lehnte sich gegen einen Baumstamm. „Ich werde jetzt ein wenig schlafen und dann verschwinden wir von hier." „Und wohin?" „Wenn meinen Gefährten die Flucht gelungen ist, gibt es nur ein Ziel für sie." „Den Berg Dahn?" „Richtig Kloor", Kraith gähnte heftig. „Genau dorthin; wo es in dieser unruhigen Zeit anscheinend alle hinzieht."

Kurz danach verrieten Kloor die tiefen ruhigen Atemzüge von Kraith, dass dieser eingeschlafen war.

Jetzt war er der Einzige aus dem Kranzvolk der sich auf dem Weg zum Berg Dahn befand. Zwar war sein Gefährte der Ausgewählte der Seherin gewesen. Aber dieser war tot und warum sollte nicht er jetzt dessen Auftrag übernehmen? Niemand in seinem Volk würde ihn dafür tadeln, wenn er der nächste Allbewahrer wurde. Und wenn er die Wahl verlieren würde, würde es niemand erfahren.

21

Klora hatte den Schutz des Dornbusches dazu ausgenutzt, um sich gründlich auszuschlafen. Sie hatte es nicht auf einen Kampf mit den Urmänner ankommen lassen wollen. Zwar konnte sie sich gegen einzelne Männer verteidigen, aber gegen die schiere Masse der Urmänner hätte sie keine Chance gehabt.

Langsam kroch Klora aus ihrem Versteck. Vorsichtig sah sie sich um. Es war ruhig und still. Das Lager war aufgegeben worden. Die Urmänner waren weitergezogen. Nur noch die verbrannten Holzreste des Lagerfeuers zeigten auf die Anwesenheit von Menschen hin. Sie war hier anscheinend allein. Allein! Das bedeutete eines Teils Sicherheit, aber auch, dass sie vordringlich den Kontakt mit Lordi, Kraith und den beiden Fremden wieder herstellen musste.

Klora lief rasch zu dem Buhlbaum hinüber und setzte sich so hin, dass ihr Rücken gegen den Stamm lehnte. Dann schloss sie die Augen und versuchte Kontakt mit dem Fremden, der sich Hachma genannt hatte, aufzunehmen. Es gelang ihr trotz mehrmaliger Versuche nicht. Das konnte bedeuten, dass sich Hachma zu weit von ihr entfernt hatte oder, dass er nicht in der Lage war die Gedankenwege zu nutzen. Die Entfernung sollte eigentlich keine Rolle spielen. Klora konnte sich nicht vorstellen, dass sich Hachma in einer Nacht soweit von ihr entfernt haben konnte, dass sie sich nicht mehr erreichen konnten. Blieb nur, dass er momentan nicht in der Lage war ..., im schlimmsten Fall würde er bewusstlos oder tot sein. Vielleicht war er auf der Flucht von den primitiven Urmännern erschlagen worden? Dann waren auch ihre Gefährten in großer Gefahr!

Klora schloss erneut ihre Augen und konzentrierte sich auf Bora. Ihre erfahrene Lehrmeisterin würde ihr sicherlich antworten. „Bora ...?" Kloras Gedanken verhallten, ohne dass sie den geringsten Gegenimpuls empfangen hätte. Was war mit Bora? Auch bei ihr schien es, als wäre sie nicht bei Bewusstsein. Es war fast so, als wäre sie nicht mehr auf Pallus existent. Klora machte sich trotzdem keine Sorgen. Ihre Lehrmeisterin war sehr erfahren, ihr würde so schnell nichts geschehen. Die junge Seherin stand auf und pflückte einige frische Buhlbaumblätter, die sie sich anschließend in den Mund steckte. Während sie darauf herumkaute und die von ihnen ausgehende Kraft einsaugte, pflückte sie sich noch einen

Vorrat der kräftigenden Blätter. Sie verstaute diesen sorgfältig eingewickelt unter ihrem Umhang.

Anschließend ging Klora tiefer in den Wald hinein. Sie bewegte sich so geschickt zwischen den Bäumen vorwärts, dass man sie kaum sehen konnte. Immer wieder blieb sie stehen und lauschte in sich hinein. Nichts! Ziellos im Wald herumsuchen würde nichts bringen. Klora beschloss deshalb in Richtung des Berges Dahl weiterzugehen. Falls ihre Gefährten noch leben würden, würde das sicherlich auch deren Absicht sein. Schließlich war der Berg ihr gemeinsames Ziel gewesen. Außerdem würden sich dort im Hain der weißen Frau sicherlich weitere Seherinnen aufhalten. Vielleicht auch Bora? Gemeinsam würde die Gilde beraten was zu tun war.

Klora erreichte den Weg, den sie vor Tagen bereits mit Kraith und Lordi gegangen war, als man sie überfallen hatte. Den Spuren nach war der Weg in der Zwischenzeit erneut benutzt worden. Allerdings nicht in Richtung zum Berg Dahn, sondern entgegengesetzt. Von dort, woher sie mit Lordi und Kraith gekommen war. Klora überlegte, ihr fiel keine Erklärung dafür ein, warum Lordi oder Kraith den Rückweg angetreten haben sollten. Sie waren von den

Andus mit dem Auftrag aufgebrochen zum Berg Dahn zu gehen. Außerdem würden sie sich sicherlich Sorgen um sie machen und sie suchen. Ihre Gefährten hatten diesen Weg also nicht benutzt. Aber sie hatten das gleiche ferne Ziel wie sie. Entschlossen drehte sich Klora um und ging weiter auf dem Weg, der zum Berg Dahn führte.

Die junge Seherin verfiel in eine leichte Trance. Bora hatte ihr beigebracht zu Laufen und dabei gleichzeitig mit allen Sinnen die nähere Umgebung zu beachten.

Sie war allein! Einige scheue Hüpfer verschwanden im Dickicht. Ansonsten gab es in der Nähe des Pfades nur sehr wenige Lebewesen. Es waren keine darunter, die ihr gefährlich werden konnten. Klora ging weiter, bis die Schwärze der Nacht aufzog. Mit Hilfe der stärkenden Substanz in den Buhlbaumblättern hätte sie noch die ganze Nacht durchlaufen können. Aber Klora wusste auch, dass sich ihr Körper auf Dauer nicht täuschen ließ. Irgendwann würde er seinen Tribut fordern und Schlaf benötigen. Sie verließ deshalb den Pfad und suchte sich einen Platz, an dem sie lagern konnte. Ein dickes Moospolster fand ihren Gefallen. Sie nahm einen herumliegenden Zweig und zeigte mit ihm in alle Himmelsrichtungen. Gleichzeitig öffnete sie ihren Geist, um weit in den Wald hinein ihre Fühler auszustrecken. Sie fühlte keinerlei Gefahr. Mit dem Zweig vollführte sie mehrere kreisende Bewegungen um das Moospolster und sprach einige Schutzformeln. Sie fühlte sich jetzt sicher und legte sich hin. Sie schloss ihre Augen und war innerhalb weniger Sekunden eingeschlafen.

Am nächsten Tag erwachte sie vom Gezwitscher einiger Vögel. Langsam stand Klora auf. Sie begrüßte den Tag mit einigen der alten rituellen Körperbewegungen der Gilde. Den Gruß an den Tag, die Freude über die beiden Sonnen, den Dank an die Monde und der umfassenden Liebe für alle Lebewesen. An einer nahen Quelle trank sie einige Schluck klares Wasser und wusch sich so gut es ihr möglich war. Dann steckte sie sich einige Buhlbaumblätter vom Vortag in den Mund, kaute diese, spürte die neue Kraft und setzte ihren Weg fort.

Die ersten Stunden verliefen wie erwartet. Rham und Tham, die beiden Sonnen von Pallus stiegen langsam in die Höhe. Die Vögel kreischten und zwitscherten um die Wette. Anscheinend ging es ihnen in dieser Gegend sehr gut. Klora konnte sich erinnern, dass in der heimatlichen Ansiedlung immer weniger der fliegenden Tiere aufgetaucht waren. Für Bora ein sicheres Zeichen dafür, dass sich die Tierwelt des Planeten im Umbruch befand.

Ab und zu verließ Klora den Weg und ging in das Dickicht hinein. Sie lauschte dann, ob sich in ihrer Nähe eine für sie spürbare Gefahr aufhielt. Bei diesen Gelegenheiten versuchte sie auch stets Kontakt mit Hachma oder Borla herzustellen. Stets vergebens, die beiden antworteten nicht. Es war, als ob sich ihre Bewusstseine nicht mehr auf Pallus befinden würden.

Ein Flatterinsekt taumelte an ihr vorbei! Diese zerbrechlichen Tiere waren sehr selten. Sie benötigten bestimmte Pflanzen, um leben zu können. Sie tranken mit ihren langen zerbrechlichen Rüsseln den Saft, welche diese Pflanzen absonderten. Klora hatte in ihrem Leben erst zwei der sehr seltenen Flatterinsekten gesehen. Es brachte Glück, wenn man das zerbrechlich wirkende Tier sah. Im Strahl der beiden Sonnen, schien es fast durchscheinend zu sein. Noch eins! Weitere Flatterinsekten tauchten auf. Klora war fasziniert, gleichzeitig wusste sie, dass es nicht sein konnte. Die Flatterwesen kamen nur sehr selten vor. Jetzt konnte sie deren Anzahl schon nicht mehr zählen. Was bedeutete dies?

Lautes Gekreische riss die junge Seherin aus ihren Gedanken. Erstaunt blickte sie nach oben. Durch die hohen Wipfel der Bäume sah sie wie riesige, ihr völlig unbekannte Vögel über dem Wald kreisten. Ihre Erscheinung erinnerte Klora ein wenig an die die primitiven Zeichnungen in der Zufluchtshöhle.

Entschlossen trat Klora wieder auf den Pfad hinaus. Sie musste schnell weitergehen. Antworten auf ihre vielen Fragen würde sie nur am Berg Dahn erhalten.

22

Lordi hatte, solange es ihm möglich gewesen war, die Luft angehalten. Aber jetzt war es soweit, er musste wieder atmen. Es stank
furchtbar. Bereits nach dem ersten Atemzug wurde Lordi schwind-
lig. Nur mühsam unterdrückte er das aufkommende Würgegefühl
in seinem Rachen. Und das war erst der Anfang. Er musste eine
lange Zeit in der Gamschkriecherhöhle verbringen. Schließlich
mussten sie sicher sein nicht weiter verfolgt zu werden. Vielleicht
gewöhnte man sich nach einer Weile an diese penetrante Süße?
Lordi glaubte es nicht, hoffte es aber inbrünstig.

Es wurde Zeit, dass er sich um Hachma kümmerte. Der Fremde
lag zusammengekrümmt in einer Ecke. Vorsichtig kroch Lordi zu
ihm hinüber und brachte Hachmas Körper in eine bequemere
Lage. Behutsam untersuchte er dessen Kopf. Äußerlich war keine
größere Verletzung zu erkennen. Ob innerhalb des Kopfes etwas
Schaden genommen hatte, konnte Lordi erst feststellen, wenn
Hachma wieder bei Bewusstsein sein würde. Falls der Fremde
überhaupt wieder zu sich kam.

Kehlige Stimmen erklangen. Lordi kroch rasch zurück in die Nähe des Schlupfloches. Hier konnte er besser hören, was außerhalb der Höhle vorging. Außerdem war die Luft aufgrund der Zirkulation besser. Was auch bedeutete, dass es weniger penetrant stank.

Wenn Lordi die Geräusche richtig deutete, waren ihre Verfolger in der Zwischenzeit eingetroffen und suchten jetzt die Umgebung ab. Lordi konnte sich ein Lächeln nicht verkneifen. Hier in der Gamsch-kriecherhöhle waren sie sicher. Kein Waldmensch, außer ihm, würde auf die absurde Idee kommen ausgerechnet in diesem stin-kendem Loch Schutz zu suchen. Allerdings wusste er natürlich nicht wie diese bründisähnlichen Menschen dachten.

Hachma stöhnte laut auf. Rasch robbte Lordi zu ihm hinüber. „Ruhig mein Freund, sie dürfen uns nicht hören." Lordi versuchte den Fremden zu beruhigen. Gehetzt warf dieser seinen Kopf hin und her. Besorgt sah Lordi zum Eingang der Höhle hin. Zwar glaubte er nicht, dass irgendeiner ihrer Verfolger sich die Mühe machen würde einen Blick in die Höhle zu werfen, aber sie könnten auf die Idee kommen den Eingang zu zerstören. Lautes Lachen war von draußen zu hören. Es klang hinterhältig und böse. Was hatten die Männer dort draußen nur vor?

Hachma richtete sich auf. Er begann zu würgen. „Ruhig mein Freund", Lordi redete auf den Fremden wie auf Kind ein. Dieser erbrach sich mit einem riesigen Schwall. Gleich darauf nochmal. Dann fiel sein Kopf erschöpft zurück. Lordi legte ihn behutsam auf den Boden zurück und wischte ihm so gut es ging den Mund ab. Das Erbrochene deckte er mit dem herumliegenden getrockneten Heu zu.

Die Stimmen hatten sich in der Zwischenzeit entfernt. Trotzdem drang immer wieder ab und zu ein Wortfetzen in die Höhle. Lordi kroch wieder zum Eingang. Er streckte seinen Kopf soweit er glaubte es sich erlauben zu dürfen in Richtung der frischen Luft. Müde und erschöpft lehnte er sich an die Erdwand und versuchte etwas zu schlafen. In seiner momentanen Lage konnte er nichts Anderes machen als abzuwarten und sich ein wenig auszuruhen.

„Lordi?" „Ja", er drehte sich um und sah in Kloras besorgtes Gesicht. „Du kennst die Geschichte von den Gamschkriechern?[13] Du weißt, was man an den Feuern erzählt?" „Ja Klora ... die Gamschkriecher helfen den Menschen ... aber nicht umsonst. Sie erwarten ein großzügiges Opfer." „Ich weiß Klora", Lordi seufzte, an dieses

---

[13] vgl. Anhang: Die Buhlbaumrollen

Problem hatte er noch gar nicht gedacht. Was konnte er schon opfern? Hachma vielleicht? Lordi grinste, warum nicht? Dann hatte er ein Problem weniger. Vielleicht mussten sie kein Opfer bringen. Immerhin war die Höhle leer gewesen.

„Lordi!" „Ja", erschrocken blickte er in die andere Richtung. Seine Mutter sah ihn an und schüttelte bedauernd ihren Kopf. Wie kam seine Mutter nur hierher? Und natürlich musste sie ihn gleich wieder tadeln.

Hachma richtete sich auf und brummte etwas. Die Gestalten von Klora und Lordis Mutter wurden nebelhaft und lösten sich langsam auf. Lordi verstand. Die beiden waren nicht wirklich hier gewesen. Ein Phänomen der Höhle. Wahrscheinlich ausgelöst durch den furchtbaren Gestank. Dieser vernebelte offenbar seinen Verstand. Er musste aber weiterhin klar denken, um keinen Fehler zu machen. Lordi robbte erneut zu Hachma hinüber und bedeutete diesem, dass er sich wieder hinlegen sollte. Er konnte dem Verletzten nur Ruhe anbieten. Zu mehr war er momentan nicht in der Lage.

23

Gegen Abend stieg der Weg langsam an. Ein sicheres Zeichen für Klora, dass sie sich langsam ihrem Ziel näherte. Der Berg Dahn war nämlich die einzige große Erhebung im Waldland. Trotzdem würde Klora noch einige Tage unterwegs sein. Zuerst musste sie an den Wasserfällen von Thum vorbei. Dann hatte sie noch einen Fußmarsch von zwei Tagen vor sich.

Klora verließ den Pfad und suchte sich für die kommende Nacht einen sicheren Platz. Sie aß ihre letzten Buhlbaumblätter und sprach einige Beschwörungsformeln, die ihren Lagerplatz sichern sollten. Nach einer kurzen Meditation über den vergangenen Tag schlief Klora ein.

Die junge Seherin erwachte mitten in der Nacht. Es war jemand in ihrer Nähe! Klora zwang sich ruhig liegen zu bleiben. Ein sehr süßlicher Geruch drang in ihre Nase. Sollten sich Olkhs in der Nähe befinden? Nein, Klora schüttelte ihren Kopf. Das war ein anderer Geruch! Klora kramte in ihrem Gedächtnis. Sie lächelte: Da hatte jemand anscheinend ein Lagerfeuer entfacht und Holz vom Kremmbaum verwendet. Wo doch jedes Kind im Waldland wusste, dass dieses Holz einen Lockstoff enthielt, den man über weite Entfernungen riechen konnte. Und vor allem die Stechinsekten fühlten sich von diesem Lockstoff geradezu magisch angezogen.

Klora überlegte: Sie glaubte nicht daran, dass Jemand absichtlich Kremmholz ins Feuer geworfen hatte. Kein Waldmensch würde so etwas Verrücktes machen. Die Stechinsekten würden regelrecht über ihn herfallen. Waren es die Urmänner? Wussten diese primitiven Menschen noch nichts von der Wirkung des brennenden Kremmholzes? Nein, Klora schüttelte ihren Kopf, auch das war sicherlich nicht der Fall. Vielleicht hatte man dieses Feuer angezündet, um eine Stelle des Waldes von den quälenden Steckinsekten zu befreien. Das hatte Marlik auch bei den Andus ab und zu gemacht.

Langsam richtete Klora sich auf. Sie bewegte ihren Kopf hin und her, um festzustellen aus welcher Richtung der Rauch kam. Dann konzentrierte sie sich auf das, was sie bei Bora gelernt hatte, und passte sich so gut es ging der Umgebung an. Vorsichtig, jedes unnötige Geräusch vermeidend schlich sie behutsam auf das Feuer zu. Als sie in dessen Nähe kam, legte sie sich hin und kroch auf allen Vieren weiter. Um das Feuer saßen Männer! Klora verschmolz mit dem Waldboden und suchte sich ein sicheres Versteck. Sie entdeckte einige Dornbüsche und robbte dort hinüber. Sie hatte Glück, da sie dort sehr gut geschützt lag, aber auch einen guten Blick auf das Lager hatte.

Um ein Feuer saßen schweigend drei hochgewachsene Männer mit heller Haut und langen gelblichen Haaren. Sofort musste Klora an Hachma denken. Diese Männer sahen fast genauso aus wie er. Sie mussten Gefährten von Hachma gewesen sein. Stöhnen ertönte, die Männer richteten ihren Blick auf eine am Boden liegende Gestalt. Anscheinend war sie verletzt. Klora konzentrierte sich auf die Gedanken der Fremden. Sie konnte aber nur einzige Bruchstücke auffangen. Die vier Fremden gehörten zweifelsohne dem gleichen Volk an wie Hachma. Drangen immer mehr Menschen von außerhalb des Waldlandes in ihren Lebensraum ein? Stand den Waldmenschen eine Invasion bevor? Das würde dann mit Sicherheit einen Krieg nach sich ziehen.

Das erste Stechinsekt flog an Klora vorbei. Es wurde von dem Geruch des brennenden Kremmholzes magisch angezogen. Bald würden es immer mehr werden. Einer der fremden Männer fluchte, als er gestochen wurde. Klora musste unwillkürlich grinsen. Kremmholz zündete man nur an, wenn man Stechinsekten von der Ansiedlung weglocken wollte. Niemand im Waldland war so dumm sich an ein Feuer mit brennendem Kremmholz zu setzen. Die Seherin rief sich zur Ordnung. Wenn die vier Männer hier fremd waren, war ihnen auch die Wirkung des brennendem Kremmholzes nicht bekannt.

Was sollte sie tun? Der Anstand forderte, dass sie die Fremden warnte. In Kürze würden ganze Schwärme von Steckinsekten über sie herfallen. Ihnen würde dann nur noch die rasche Flucht helfen. Klora kam zu einem Entschluss. Als Mitglied der Gilde war es ihre Pflicht … „Liegen bleiben", eine dunkle tiefe Stimme ertönte hinter ihr. Ein Schneidmesser aus Klaoirstein berührte ihren Hals. Gleichzeitig spürte sie wie sich ein schwerer Körper neben sie legte. „Es ist gleich vorbei."

24

Es war eine völlig fremde Welt!

Bora war klar, dass sie sich nicht im Innern des Felsens befinden konnte. Das war nicht möglich. Sie befand sich nämlich in einem riesigen bläulich schimmernden Hohlraum. Das war keine Höhle, nichts Natürliches, dafür war alles viel zu ebenmäßig, zu regelmäßig ... so eine perfekte Ordnung kam in der Natur nicht vor.

„Hallo Bora", eine sanfte Stimme ertönte und aus einer dunklen Ecke kam langsam eine weißgekleidete Gestalt auf sie zu. Die ... oder der Fremde strahlte große Präsenz aus. „Ich grüße dich! Du brauchst keine Angst zu haben. Ich freue mich, dass du den Weg hierher gefunden hast und wir uns endlich einmal persönlich gegenüberstehen können."

„Kennst du mich? Wer bist du?", Bora musterte die Gestalt neugierig. Angst verspürte sie keine. Die Gestalt lächelte sie freundlich an. „Nur sehr wenige sind gut genug für diesen Weg", sprach der Fremde, ohne auf die Fragen einzugehen. Komm bitte mit", er machte eine einladende, aber auch bestimmende Geste.

Bora blieb stehen. „Wer bist du? Was bist du? Mann oder Frau?",
stellte sie stattdessen neugierig weiter ihre Fragen. Die Gestalt begann dröhnend zu lachen. „Mann oder Frau? Das ist doch endlich
einmal eine gute Frage. Muss man eines der Geschlechter sein?
Kann man nicht beides sein? Mann oder Frau … vielleicht sollte
ich es einmal ausprobieren. Nur so zum Spaß", die Gestalt schien
sich zu amüsieren, „ich habe wirklich sehr selten Gäste, und so
eine Frage hat man mir zur Begrüßung noch nie gestellt."

Der oder die Fremde trat einige Schritte zurück und drehte sich ein
paarmal im Kreis. „Nun, mach dir selbst ein Bild. Eine wirklich
großartige Frage. Ich freue mich bereits jetzt auf die Unterweisungen. Manche deiner Vorgängerinnen sind vor mir auf die Knie gefallen, weil sie mich für ein höheres Wesen gehalten haben und
glaubten mich verehren zu müssen. Was für ein absurder Glaube",
der oder die Fremde schüttelte abfällig ihren Kopf. „Du bist hier
Bora, weil ich dich mit auf eine Reise nehmen werde. Das Waldland befindet sich gerade in einer schwierigen Zeit des Umbruchs.
Es ist mit auch deine Entscheidung wie die Zukunft dort aussehen
wird. Du wirst die nächste weise Frau werden. Du bekommst von
mir großes Wissen überreicht. Damit kannst du die Zukunft des
Waldlandes mitgestalten. Auf unserer Reise zeige ich dir wie aus

dem Dunkel, dem Nichts vor Äonen die Welten entsprungen sind, aber jetzt komm … bitte."

„Wer bist du?", wiederholte Bora ihre Frage. Ihr Gegenüber wurde ernst und nickte, „verzeih, aber ich habe selten Gelegenheit ein Gespräch zu führen. Du stellst Fragen Bora, auch deshalb bist du bereits vor langer Zeit ausgewählt worden. Soweit es mir erlaubt ist und möglich ist, werde ich deine Fragen deshalb auch beantworten. Um deine Frage zu beantworten: Ich bin weder Mann noch Frau, kann aber beides sein. Und jetzt komm bitte mit", er machte erneut eine einladende Geste in eine Richtung des Hohlraums.

„Wer bist du?", Bora rührte sich nicht von der Stelle. Der Fremde seufzte, „Also gut, damit endlich wieder Ruhe einkehrt: Ich bin Dahn", er griff nach Boras Hand, „und jetzt komm bitte mit. Wir haben nicht allzu viel Zeit für deine Unterweisungen. Die Existenz des Waldlandes hängt mit von deiner Anwesenheit ab. Du musst deshalb bald wieder die Rückreise antreten."

Sie gingen auf eine Stelle an der Wand hin. Dahn hob seine Hand und die Wand wurde durchscheinend. Boras Blick fiel auf eine völlig neue Welt. Eine Landschaft in der alles vorhanden war: Berge,

Wälder, Wiesen, große Gewässer, Flüsse, Sandflächen, bro-
delnde Erde, Eisberge.

„Komm, du brauchst keine Angst zu haben. Wir machen eine
Reise, die nur wenigen gewährt wird." Dahn hielt immer noch ihre
Hand und schritt auf die durchscheinende Wand zu.

25

„Es ist gleich vorbei."

Mit einer Hand presste der Mann das Schneidmesser aus Klaoirstein gegen ihren Hals, mit der anderen zog er geschickt einen weiten Umhang über ihre beiden Körper. „Wir dürfen uns jetzt nicht bewegen!", zischte die dunkle tiefe Stimme. Klora wusste, wer neben ihr lag, sie kannte die Gedankenmuster des Mannes. Allerdings hätte sie nicht gedacht, dass sie sich nochmals begegnen würden.

„Warum …?", begann sie leise wurde aber sofort von dem Mann mit einer zischenden Gegenfrage unterbrochen, „hast du schon jemals den Angriff von Stechinsekten erlebt?" „Nein", musste Klora zugeben. „Dann sei froh", der Mann zog seine Hand mit dem Messer vorsichtig zurück. „Die drei Prohmp[14] werden, falls sie hier überhaupt lebend davonkommen, von unzähligen kleinen Narben übersät sein."

---

[14] Muskelprotz ohne Verstand

„Sie kommen von außerhalb des Waldlandes", zischte Klora. „Dann wundert mich, dass sie es lebend bis hierhergeschafft haben", brummte der Mann sarkastisch, „außerdem habe ich immer gedacht, dass es kein Leben außerhalb des Waldes geben kann! Zumindest behaupten das doch die Seherinnen."

Eine Weile herrschte Schweigen. Klora seufzte, sie musste unbedingt mit der Gilde reden. Die Zeiten veränderten sich dramatisch. Die Waldmenschen mussten aufgeklärt werden. Die Zeiten, in denen man zu ihrem eigenen Schutz viele Wahrheiten von ihnen ferngehalten hatte waren wohl vorbei.

„Wie kommst du überhaupt hierher Poroh?", Klora ging nicht weiter auf die Sticheleien des Mannes ein. „Ich war einfach neugierig", gab Poroh zu, „es muss doch einen besonderen Grund haben, wenn sich so viele Waldmenschen plötzlich auf den Weg zum Berg Dahn machen. Ich weiß nämlich, dass ihr nicht die einzigen seid. Zur gleichen Zeit geschehen sehr merkwürdige Dinge im Wald: Menschen, Tiere, Pflanzen, die es bisher nicht gab, tauchen plötzlich auf. Auch wir Ausgestoßenen haben ein Recht auf ..."

Ein lautes Surren und Brummen waren plötzlich zu hören. „Es beginnt – auf keinen Fall bewegen", Poroh drückte Klora fest an sich und gleichzeitig auf den Boden. Die junge Seherin wusste nicht, ob sich Poroh bewusst war welchen Affront er gerade beging. Den Frauen der Gilde war stets mit Hochachtung und Respekt zu begegnen. Keinesfalls durften sie gegen ihren Willen berührt werden. Klora beschloss Porohs Handlungen auf seine Sorge um sie zu entschuldigen. Auch wenn sich der Ausgestoßene vor einigen Tagen nicht gerade von einer fürsorglichen Seite gezeigt hatte. Aber vielleicht hatte er sich verändert, immerhin lag tatsächlich Besorgnis um sie in seinen Gedanken.

Das Brummen hatte in der Zwischenzeit stark zugenommen. Schreie und Flüche ertönten. Das unheimliche Schwirren um sie herum schwoll zu einem Dröhnen an. Es hörte sich sehr unheimlich an. Es war, als ob die ganze Luft in Bewegung sein würde.

Das Geschrei wurde lauter. Klora konzentrierte sich auf Einzelheiten. Die Männer traten die Flucht an. Sie rannten völlig panisch ziellos in den Wald hinein. Sie trennten sich, in der Hoffnung, dass sich die Insektenschwärme nur auf einen von ihnen konzentrieren würden. Klora war sich nicht sicher, ob diese Annahme erfolgreich war. Den unheimlichen Geräuschen nach musste sich eine Unzahl von Stechinsekten hier befinden. Es hörte sich genauso an, als würde sich einer der starken Fallstürme austoben.

„Wir müssen noch einige Stunden hier verbringen." Poroh rückte etwas von Klora weg. „Nur dann können wir sicher sein, dass sich hier keine Schwarmreste mehr aufhalten."

„Wie lange?" Klora bewegte sich noch etwas von Poroh weg und drehte sich langsam um ihre Achse, so dass sie auf dem Rücken lag. Jetzt hatte sie eine bequemere Lage erreicht. „Nun", auch Poroh drehte sich ebenfalls auf den Rücken, „solange wie das Kremmholz brennt, werden immer wieder Stechinsekten angelockt werden."

Sie schwiegen einige Zeit und hingen ihren Gedanken nach. Dann spürte Klora wie sich Porohs Hand um ihre schloss. Er wollte doch jetzt nicht? Ein kurzer Blick in die Gedanken von Poroh ließ Klora lächeln. Der Mann wollte sie nur beruhigen, ihm stand nicht nach dem Ritual der Vereinigung. Rasch verließ Klora die Gedanken von Poroh. Sie unterdrückte ein Lächeln. Der Mann wollte sie beschützen! Er hatte anscheinend tatsächlich keine Ahnung zu was eine Seherin in der Lage war. Aber: es zählte auch der Wille und nicht nur die Tat. „Wie bist du zum Ausgestoßenen geworden Poroh?" „Willst du das wirklich wissen?" „Ja", antwortete Klora, „was hast du getan, dass du bei den Ausgestoßenen leben musst?" Poroh lachte bitter auf, „also, wenn du es wirklich wissen willst: Mein Verbrechen war, ich wurde ganz einfach dort hinein geboren." „Du bist …?" „Meine Mutter kam als kleines Mädchen mit ihrem Vater zu den Ausgestoßenen. Ihr Vater starb kurz nach der Ankunft. Meine Mutter hat mir nie erzählt, aus welchem Grunde auch sie ausgestoßen worden war. Sie hat dann dort gelebt, die Vorgängerin von Baldha hat sich ihrer angenommen. Ich bin das Ergebnis eines Rituals der Vereinigung. Ich weiß nicht, wer mein Vater ist", Poroh lachte kurz auf, „meine Mutter übrigens auch nicht."

Erneut herrschte einige Zeit Schweigen. Dann räusperte sie Poroh, „nun Klora bist du dran. Wie bist du zur Seherin geworden?"

26

Lordi schreckte hoch, als ihn Jemand heftig schüttelte. Nur mühsam fand er wieder in die Wirklichkeit zurück. Lange Zeit hatte er wachgelegen und am Höhleneingang verbracht. Irgendwann war er dann aber doch wieder eingeschlafen und jetzt … … abermals heftiges Schütteln. Lordi riss die Augen auf und starrte in ein weißes schmerzverzerrtes Gesicht.

„Hachma!", von einem Augenblick auf den anderen war Lordi hellwach. „Du bist wieder aufgewacht?" Hachma starrte ihn an, fragend deutete er auf die Höhle und rümpfte die Nase. „Ich weiß", Lordi grinste, „es stinkt fürchterlich. Aber es war momentan keine andere Unterkunft greifbar. Wir sind hier auf jeden Fall sicher. Wie geht es deinem Kopf?", Lordi zeigte mit seinem Zeigefinger fragend auf den Kopf seines Gegenübers. Hachma verzog sein Gesicht, versuchte ein Lächeln, was ihm aber nicht so recht gelingen wollte.

„Leg dich noch eine Weile hin", Lordi gestikulierte eine Zeitlang, bis sein Gegenüber begriff, was er von ihm wollte. Schließlich legte sich Hachma wieder auf den Boden und war nach einer Weile sogar wieder eingeschlafen. „Das Beste, was du machen kannst", murmelte Lordi. Es war eine schwierige Situation zwischen ihnen, weil sie nicht miteinander reden konnten. Aber wenigstens war Hachma wieder bei Bewusstsein. Allerdings schien er starke Schmerzen zu haben.

Lordi presste sein Ohr erneut an den Höhlenausgang. Es war nichts zu hören. Er beschloss zunächst abzuwarten bis Hachma wieder aufgewacht war. Lange konnten sie nicht mehr hierbleiben, einige Sonnenstunden vielleicht noch. Auf Nahrung konnten sie eine Zeitlang verzichten. Bei dem Gestank war an Essen sowieso nicht zu denken. Sie würde es sofort wieder von sich geben. Aber irgendwann würden sie Wasser benötigen.

Hachma richtete sich bereits wieder auf. Er presste seine Hände gegen seinen Kopf. Anscheinend litt er unter heftigen Kopfschmerzen. „Tut mir leid mein Freund", Lordi zuckte bedauernd mit seinen Schultern. „Ich bin kein Heiler. Ich kann dir überhaupt nicht helfen."

Der Fremde stöhnte. Er litt offensichtlich unter großen Schmerzen. „Ich werde Sterben mein Freund", sagte er in seiner Sprache von der Lordi kein Wort verstand. Trotzdem sah dieser Hachma an und nickte. Lordi begriff, dass es seinem Begleiter wichtig war zu sprechen. „Ich wurde ausgesandt mit einigen Begleitern. Leider haben wir uns kaum, dass wir dieses dunkle Baumland betreten haben, aus den Augen verloren. Es ist ein schreckliches Land, in dem du wohnst. Nicht zu vergleichen mit meiner Heimat." Hachma stöhnte, der Schmerz in seinem Kopf breitete sich langsam weiter aus. Er sah sein Gegenüber an. Der Einheimische hatte ihm das Leben gerettet und hierhergebracht. „Ich … komme aus dem Sandland." Seine Augen begannen zu glänzen, als er von seiner Heimat berichtete …

„Dir mag unser Land wahrscheinlich öde und leer erscheinen, aber nur weil du an deine Heimat mit diesen vielen Bäumen gewöhnt bist. Mir macht dein Land Angst mein Freund. Immer Schatten, viel zu viel Bäume und so wenig freier Platz zwischen ihnen. Bei uns im Sandland ist alles weit. Du stehst irgendwo und kannst unglaublich weit sehen. Nichts begrenzt deinen Blick. Wir leben von unseren Tieren, die sehr genügsam sind. Außerdem haben wir Gärten angelegt. Es gibt Pflanzen, die unter Sand gedeihen und sehr nahrhaft sind. Wasser erhalten wir von der heiligen Quelle. Diese Quelle bildet das gesegnete Zentrum im Sandland. Es gab sie schon immer. Sie war da, bevor die ersten Menschen ins Sandland zogen. Das Wasser der Quelle sprudelt aus dem Sand und dies seit unserer Zeitrechnung besteht. Zu ihrem Schutz haben wir einen steinernen Kuppelbau um sie errichtet und reich verziert. Ein unterirdisches Röhrensystem versorgt von der heiligen Quelle aus, jede Familie im Sandland. Eines Tages stellte unser Quellmeister fest, dass das Wasser weniger stark sprudelt. Die Menge nahm langsam aber stetig immer mehr ab. Gleichzeitig bemerkten wir, dass sich der dunkle Wald weiter ausdehnte. Der Quellmeister berief eine Versammlung ein. Vor den ausgewählten Vertretern, zu der auch ich gehörte, erklärte er uns, dass der Tod unserer Zivilisation bevorsteht, wenn wir nicht aktiv etwas unternehmen. Er sprach von einer uralten heiligen Vereinbarung aller Völker von Pallus. Danach wurde bei Anbeginn der Zeit der Planet unter ihnen aufgeteilt. Jedes Volk bekam ein Territorium zugewiesen, das ausreichend war, um ihre Menschen zu versorgen.

Der Quellmaster, der auch der Hüter des alten Wissens bei uns ist, erklärte uns, dass es seit dieser Vereinbarung auf Pallus keinen Krieg und Kampf zwischen den verschiedenen Völkern mehr gegeben hat."

Hachma seufzte und schwieg. Lordi sah ihn neugierig an. Er verstand kein Wort von dem, was ihm der Fremde sagte. Dieser griff sich erneut an seinen Kopf, verzog schmerzhaft sein Gesicht. Dann sprach er stockend weiter.

„Der Quellmeister hat uns in das Waldland gesandt. Wir sollen die Menschen hier fragen, was wir ihnen getan haben. Warum dehnt sich euer Land immer weiter aus? Ihr nehmt uns damit unseren Lebensraum. Warum lässt ihr das Wasser vom Götterberg nicht mehr durch euer Land fließen? Warum benötigt ihr auf einmal so viel mehr an Wasser? Haltet euch doch bitte an die Abmachungen. Lasst uns unseren Teil des Wassers! Es ist eh ein sehr geringer Rest, welcher bis zu uns fließt. Wir sind ein friedliebendes Volk … aber der Durst ist kein guter Berater. Immer mehr aus unserem Volk wollen in das Waldland eindringen, um die alten Vereinbarungen einzufordern. Wenn es sein muss mit Gewalt. Unsere Kinder leiden schrecklichen Durst Waldmann, auch mein Sohn ist vor …", Hachma brach ab und begann zu weinen. Er sank auf den Boden zurück.

Lordi kroch hinüber und nahm in den Arm. Er hatte kein Wort verstanden und wusste nicht was Hachma ihm sagen wollte, aber er tat ihm in diesem Augenblick unglaublich leid.

27

Marlik war allein in den Wald gegangen. Er benötigte manchmal einfach einige Zeit für sich allein um die Gedanken, die in seinem Kopf herumschwirrten zu ordnen. Die Zeichen, die er aus der Natur las, gaben Anlass zur Besorgnis. Letzte Nacht hatte er wieder einmal die zwei Monde beobachtet. Krooh hatte wie immer ruhig und besonnen seine nächtliche Bahn gezogen. Sandull der schnelle Begleiter von Krooh umtanzte den großen Mond. Es sah friedlich und eigentlich wie immer aus. Trotzdem beschlich Marlik das Gefühl, dass sich die beiden Monde anders bewegten, aber in Worte fassen konnte der Bewahrer seine Annahme nicht.

Hoffentlich gelang es den Seherinnen die Gefahr, welche das Waldland bedrohte, zu bannen. Bei den drei kleinen Quellen die Richtung des Berges Dahn lagen machte Marlik Rast. Er kniete sich hin und trank von dem köstlichen reinen Wasser. Als er seinen Durst gelöscht hatte, lehnte er sich gegen einen Baumstamm. Die Quellen hier führten immer weniger Wasser. Der kleine Bach, der zu den Fruchthecken führte, war nur noch ein jämmerliches Rinnsal. Etliche Pflanzen litten bereits unter Wassermangel und auch bei den Tieren konnte man Veränderungen feststellen. Bründis, so

frech sie auch waren, wären niemals in die Nähe eines Waldmen-
schendorfes gekommen. Doch vor einigen Tagen hatte Marlik sie
in der Nacht beobachtet, wie sie sich an die Dorfquelle geschlichen
hatten, um dort heimlich ihren Durst zu löschen.

Wenn die Waldbewohner wie früher Götter anbeten würden, wäre
jetzt die Zeit gekommen, um Opfer zu bringen. Doch die Seherinnen hatten erklärt, dass es keine Götter gab. Marlik griff in das
Wasser und ließ das Wasser ehrfurchtsvoll durch seine Finger
gleiten. Hoffentlich gelang es den Seherinnen die Gefahr, die das
Waldland bedrohte rasch aufzuhalten. Sonst würden die Waldmenschen, auch gegen die Anweisung der Seherinnen irgendwel-
chen Göttern heimlich Opfer darbringen.

28

Als Hachma erwachte ging es ihm anscheinend etwas besser. Er griff sich zwar immer noch zwischendurch an den Kopf und verzog dabei schmerzhaft sein Gesicht, aber er machte einen gesünderen Eindruck als noch vor wenigen Stunden.

Lordi lächelte ihn an, „nun endlich ausgeschlafen Großer." Er deutete auf das enge Höhlenloch, „wenn du einverstanden bist, verlassen wir dieses Loch jetzt. Diese wilden Menschen sind anscheinend weitergezogen."

Hachma nickte, er hatte die Gesten von Lordi verstanden. Dieser stemmte sich langsam und sehr behutsam durch den engen Höheneingang. Vorsichtig sah er sich um. Es war alles ruhig – normaler Wald. Keinerlei Hinweis auf die Anwesenheit der primitiven Waldmänner. Lordi schob sich vorsichtig ins Freie und streckte Hachma anschließend seine Hand entgegen. Dieser ergriff sie und ließ sich von Lordi ins Freie ziehen. Die beiden setzten sich und atmeten erstmal die frische klare Waldluft ein. Dann richtete sich Lordi auf. Er nahm einen Ast und zeichnete auf den Waldboden zwei X, dabei deutete er auf Hachma und sich selbst. Der Fremde nickte, er verstand Lordi. Dieser grinste und fuhr mit dem Ast von dem X ausgehend einige Meter durch den Wald. Dort hielt er an und schob mit seinen Händen die Erde zusammen, so dass ein angedeuteter Berg entstand.

„Das ist mein Ziel Hachma. Der Berg Dahn. Wenn Klora und Kraith noch leben haben sie sich dorthin gewandt. Das war nämlich das ursprüngliche Ziel unserer Reise. Wenn du willst, kannst du mich begleiten." Lordi sah Hachma fragend an. Dieser hatte verstanden und nickte.

Sie machten sich auf den Weg. Schweigend gingen sie die nächsten Stunden nebeneinanderher. Ab und zu blieb Hachma stehen und deutete auf einen Baum, einen Strauch, oder seltene Blumen. Vor allem diese hatten es ihm angetan. Lordi nahm an, dass es dort wo Hachma herkam, keine solchen Pflanzen gab. Er antwortete auf Hachmas fragenden Blick dann mit einer Erklärung, obwohl er wusste, dass dieser kein Wort davon verstand.

„Diese zarten blauen Blumen darfst du nicht pflücken. Sie sterben ab, sobald sie den Kontakt zur Mutterpflanze verlieren. Gleichzeitig geben sie ein blaues Sekret ab, welches sich tief in deine Haut einbrennt." Lordi betrachtete Hachmas Tattoos, „dann hast du noch mehr von dieser Sorte." Er deutete auf ein Symbol auf Hachmas Brust, „was bedeutet das?" Der Fremde nickte lächelnd und deutete auf sich. Er sprudelte einige abgehackte Worte heraus, die ihm anscheinend sehr viel bedeuteten."

„Gehen wir weiter", Lordi hatte nicht den Hauch einer Ahnung was Hachma sagen wollte und setzte sich wieder in Bewegung. Er deutete auf ihrem weiteren Weg immer wieder auf einzelne Pflanzen und nannte die Pflanzennamen. Hachma wiederholte diese fleißig. Zwar war seine Aussprache gewöhnungsbedürftig, aber gegen Abend dieses Tages deutete er auf einen Baum und sagte deutlich: „Buhlholzzpaum", er lachte stolz auf. Anscheinend selbst überrascht über seine Aussprache. Mit einem Finger tippte er Lordi an die Brust, „Lorthi!"

„Genau", Lordi verneigte sich anerkennend. Dann ging er zu dem Buhlholzbaum und grub einige gelben Pilzknollen aus dem Boden. Er reichte eine an Hachma weiter, „hier die schmecken gut. Du darfst mich nur nicht verraten mein Freund. Diese Bäume und die

Pilze, die darunter wachsen sind der Gilde der Seherinnen vorbehalten. Allerdings befinden wir uns in einer großen Notlage und dann ist das erlaubt. Hoffe ich!"

Sobald es dunkel wurde, legten sich die beiden neben dem Buhlholzbaum zur Ruhe. Erschöpft schlossen beide kurz danach ihre Augen und schliefen ein.

Mitten in der Nacht wurde Lordi von einem Geräusch geweckt, das er zunächst nicht zuordnen konnte. Dann erkannte er, dass Hachma im Schlaf weinte. Der Fremde musste sehr schlimme Träume haben. Lordi bekam Mitleid mit dem großen Mann – aber wie hätte er diesen trösten können?

Die nächsten zwei Tage verliefen ohne weitere Zwischenfälle. Hachma lernte weitere Worte der Waldmenschensprache. Wobei seine Aussprache sowohl ihn als auch Lordi immer wieder zum Lachen brachte. Anscheinend konnte er einige Laute einfach nicht so artikulieren wie die Waldmenschen.

In der folgenden Nacht geschah dann das Unglück. Lordi wachte von einem lauten entsetzten Schrei auf. Sofort sprang er und sah sich suchend um. Erschrocken fuhr er zurück, als er sah, dass ein Beutelbromm zischend vor Hachma stand und diesen aus seinen gelblich funkelnden Augen böse betrachtete. Hachma lag am Boden und schlug mit seinen Füßen nach dem gefährlichen Raubtier.

Ausgerechnet ein Beutelbromm. Diese Monster waren äußerst selten und unglaublich gefährlich. Lordi suchte sich hastig einen dicken Knüppel. Vielleicht konnten sie sich zu zweit gegen dieses Raubtier behaupten. Er glaubte es aber nicht. Allerdings hätte ihm auch eine Flucht nichts genutzt. Beutelbrommer waren unglaublich schnell. Und wenn sich dieses Tier im Blutrausch befand, tötete es jegliche Lebewesen in seiner Nähe völlig grundlos.

„Verschwinde", Lordi ging mit dem dicken Knüppel auf das Tier los. Dieses fuhr herum und schnappte mit einer unglaublich schnellen Bewegung mit seinem Maul nach dem harten unterarmdicken Ast und biss in ohne jegliche Anstrengung entzwei. Es spuckte die Reste aus dem Mund. Dann blickte die Bestie abwechselnd Lordi und Hachma an. Hastig suchte Lordi den Boden nach einem weiteren Prügel oder dicken Ast ab. Das blutrünstige Tier würde nicht aufgeben. Das widersprach seiner Natur. Es würde sie beide angreifen. Ohne Vorwarnung setzte der Beutelbromm zum Sprung an. Das stachlige Ungeheuer flog durch die Luft auf Lordi zu. Dieser schloss seine Augen schlug mit dem Prügel in die Richtung des Angreifers. Die Wucht als Knüppel und das Tier aufeinandertrafen, war so stark, dass Lordi mehrmals um die eigene Achse gedreht wurde und stürzte.

Der Beutelbromm setzte sofort zum nächsten Sprung an. Doch jetzt griff Hachma endlich in den ungleichen Kampf ein. Er hob einen großen Stein auf und warf diesen mit voller Wucht auf das Tier. Dieses knurrte lediglich unwillig und drehte sich zu dem neuen Angreifer um. Es duckte sich leicht, ein Zeichen dafür, dass es gleich springen würde. Rasch hob Lordi den Stein auf, welcher das Tier getroffen hatte, und schleuderte diesen erneut auf den Beutelbromm. Fauchend fuhr dieser herum. Er riss sein riesiges Maul auf und brüllte zornig in die Nacht.

Hachma hatte in der Zwischenzeit einen noch größeren Stein hochgehoben und rannte mit diesen auf den Beutelbromm zu. Mit voller Wucht stieß er den Stein auf das Tier, dieses wich aus und wurde nur leicht gestreift. Blitzartig ging es wieder zum Angriff über und warf Hachma zu Boden. Dieser drehte sich hinter den Körper des Tieres und umschlang es. Der Beutelbromm lag auf dem Rücken und streckte seine ungeschützte Bauchseite nach oben.

Lordi reagierte sofort. Er ergriff seinen am Boden liegenden Knüppel und bohrte diesen tief in die Weichteile des Tieres. Dieses brüllte sofort bestialisch auf, als das Holz in seinen Leib eindrang. Schwarzes But quoll in Strömen hervor. In überraschend kurzer Zeit zuckte der Leib des Beutelbromms nur noch einige Male, bevor er völlig erschlaffte.

Lordi fiel erschöpft auf seine Knie. „Wir haben tatsächlich einen Beutelbromm besiegt. Das glaubt uns kein Waldmensch." Vorsichtig wälzte er das Tier von dem auf dem Boden liegenden Hachma herunter. Es bot sich ihm ein furchtbarer Anblick. Der Beutelbromm hatte seine sämtlichen Rückstacheln ausgefahren, als ihm Hachma von hinten ergriffen hatte.

Hachma lag im Sterben, daran gab es keinen Zweifel. Sein Körper hatte unzählige Wunden, er blutete an unglaublich vielen Stellen.

„Lorthi", Hachma röchelte. Er versuchte sich aufzurichten, schaffte es aber nicht. Mit leiser langsam verwehender Stimme flüsterte er in seiner Sprache, „Freund … rette mein ... Volk …"

Lordi verstand keines der Worte, war sich aber bewusst, dass sie für Hachma sehr wichtig waren, er nickte ihm deshalb beruhigend zu, bis dessen Kopf leicht zur Seite kippte.

29

„Wie bist du zur Seherin geworden?" Porohs Frage hallte noch einige Zeit in Kloras Gedanken nach. Man redete nicht darüber. Aber mit dieser Antwort würde sich Poroh nicht zufriedengeben.

Man redete nicht darüber … Die ausgewählten Mädchen waren oft Töchter der Seherin. Das war zwar keine Bedingung, aber da zukünftige Seherinnen sich vor der versammelten Gilde bewähren mussten, war es natürlich von Vorteil. Die Mädchen mussten sich bereits als Kleinkind von ihren Altersgenossinnen unterscheiden. Sie mussten hinterfragen und zuhören können. Geschickt und klug sein. In ihnen mussten die Anlagen für die Aufgaben einer zukünftigen Seherin schlummern. Die Mädchen mussten früh ihr Volk verlassen und zogen dann zu ihrer Ausbilderin. Die meisten der Ausgewählten sahen ihre Familie nie mehr wieder. Sie dienten als Seherin dem ganzen Waldland und gingen selbstverständlich dorthin, wohin sie die weise Frau sandte.

„Klora?", Porohs fragende Stimme riss die junge Frau aus ihren Gedanken.

„Ich äh", begann sie zögerlich, „wurde von meinem Vater zum Berg Dahn gebracht. Mein Vater war der Bewahrer meines … seines Volkes. Er nahm mich, sobald ich laufen konnte mit in den Wald. Er lehrte mich die Namen der Bäume und Sträucher. Er erklärte mir ihre Besonderheiten und welchen Nutzen sie für die Waldmenschen hatten. Ich erinnere mich, dass ich als ich ins Alter kam, in dem man sich für sein zukünftiges Aufgabengebiet innerhalb der Gemeinschaft erklären musste, mein Vater zur Seherin gerufen wurde. Das war an sich ein normaler Vorgang. Die Seherinnen beobachteten die Heranwachsenden schließlich jahrelang und können sehr gut abwägen, worin die besonderen Fertigkeiten der kommenden Erwachsenen liegen.

Vater kam von diesem Gespräch verstört zurück. Ich denke heute, dass er damals zwischen Freude und Trauer stand. Die Seherin hatte ihm aufgetragen mich zum Berg Dahn zu bringen. Sie befahl den sofortigen Aufbruch, da die Gilde dort eine Wahl über die zukünftigen Seherinnen abhielt. - Wir sind also aufgebrochen", Klora seufzte und schwieg eine Weile.

„Du musst nicht darüber sprechen, wenn es dir so schwerfällt", Porohs Stimme klang auf eine unbeholfene Art fürsorglich.

„Nein es geht schon", Klora lächelte über die Regung des großen Mannes, „es ist nur die Erinnerung. Ich musste den Ort verlassen, in dem ich aufgewachsen bin. Es war ein langer Weg und ein sehr schöner. Ich denke oft an diese Tage zurück. Mein Vater versuchte mir jeden der folgenden Tage so angenehm wie möglich zu machen. Wahrscheinlich schmerzte ihn eine mögliche Trennung viel mehr als mich. Als wir am Berg Dahn ankamen wurden wir von der weisen Frau begrüßt. In den nächsten Tagen fand tatsächlich eine Wahl der zukünftigen Seherinnen statt. Es waren sehr viele Mädchen und junge Frauen anwesend. Wir mussten uns vor den versammelten Seherinnen setzen und wurden von der weisen Frau befragt. Zunächst nur nach Pflanzen und ihrer Wirkung. Dann kamen plötzlich Fragen dazu wie: In eurem Dorf wird das Wasser faulig. Die neue Quelle hat nur Wasser für die Hälfte der Einwohner, welche Entscheidung triffst du? An einem der folgenden Tage wurden wir nur gebeten einen geschnitzten Stock zu betrachten den eine der älteren Seherinnen hochhob. Es vergingen viele Tage. Manche der Aufgaben waren uns völlig unverständlich, andere schienen uns zu einfach, andere dafür wieder nicht lösbar. Dann kam der Tag der Entscheidung", Klora lachte plötzlich auf, „ich erinnere mich noch wie heute daran. Von den ursprünglichen Mädchen und Frauen war nur noch ein Bruchteil anwesend. Die weise Frau rief einen Namen, eine der anwesenden Seherinnen hob die Hand und erklärte sich zur Ausbilderin des Mädchens. Ich war die letzte die aufgerufen wurde. Keine der Seherinnen meldete sich. Die Versammlung löste sich langsam auf. Die Seherinnen machten sich sofort wieder auf den Rückweg zu ihrem Volk. Ich stand völlig allein da und hatte keine Ahnung was nun geschehen sollte. Da kam dann eine Seherin auf mich zu und sagte komm mit. Mein Name ist Bora, mir war es wichtig zuerst mit deinem Vater zu sprechen. Wo ist er? fragte ich und sah mich suchend um. Er ist bereits auf dem Rückweg, Bora lächelte, es ist besser so. Jeder von uns hat seinen Platz im Waldland. Dein Vater hat verstanden, dass er sehr stolz sein kann, eine zukünftige Seherin zum Berg Dahn begleitet zu haben."

Es herrschte lange Zeit Schweigen zwischen ihnen. Dann räusperte sich Poroh, „Irgendwie traurig." Abrupt wechselte er das Thema, „es ist wieder still. Anscheinend sind die Stechinsekten verschwunden. Ich sehe nach", Klora bemerkte, wie Poroh sie sacht am Arm berührte. Irgendwann würde sie ihn deshalb in seine Schranken weisen müssen. „Du wartest, bis ich wiederkomme. Manchmal verharren die Stechinsekten nur völlig ruhig und warten auf ihr nächstes Opfer."

Bevor Klora darauf antworten konnte, hatte sich Poroh behände aus dem Umhang gerollt, diesen über sie gezogen und verschwunden. Er gab tatsächlich einer Seherin Anweisungen! Klora hörte ihn hin und her gehen. Nach einer Weile wurde der Umhang hochgezogen. „Du kannst aufstehen Klora. Die Untiere sind weg."

Klora stand auf und wischte sich den Dreck von ihren Kleidern. „Was ist mit dem verletzten Mann?", sie zeigte auf das ehemalige Lager der Fremden hin. Poroh schüttelte bedauernd seinen Kopf, „tot. Er ist völlig entstellt und nur noch eine angeschwollene und blutende Fleischmasse. Der Mann war den Attacken der Insekten schutzlos ausgeliefert."

Klora nickte und wandte sich ab. Sie konnten kein Feuer entfachen, um den Körper des Mannes zu verbrennen. Auch wenn sie nicht so dumm waren, um dafür Kremmholz zu verwenden, gab es immer noch genügend Stechinsekten in der Nähe, die von dem Rauch angelockt werden würden. Sie würden auskreisen und sie irgendwann entdecken.

„Was machen wir mit dem Leichnam?" Poroh sah sie fragend an. „Wir könnten ihn vergraben. Der Waldboden ist hier sehr weich."

„Auf keinen Fall!" Entsetzt sah Klora ihren Gegenüber an. Was für ein primitiver Vorschlag. Einen toten Körper im Boden zu verscharren. Wusste Poroh nicht, dass er dort von Würmern und anderem Getier aufgefressen würde. „Macht ihr das so in eurem Dorf?" „Natürlich nicht!" Poroh sah Klora entrüstet an. „Selbstverständlich übergeben auch wir unsere Toten dem Feuer. Die Asche wird dann in den Gärten verstreut. Eine sehr wertvolle Nahrung für die jungen Pflanzen." Er deutete auf den Leichnam. „Ich wollte nur nicht, dass er hier so liegen bleibt."

Die junge Seherin nickte. Beruhigend berührte sie kurz die Brust des Mannes. „Ich wollte dich nicht beleidigen Poroh. Wir lassen den Toten hier liegen. Leider wissen wir zu wenig über die Riten seines Volkes und könnten in unserer Unwissenheit gegen ihren Totenkult verstoßen. Es gibt genügend Tiere in diesem Wald, welche den Leichnam in den nächsten Tagen komplett auffressen werden. Es ist ein ewiger Kreislauf. Am Ende diente jeder von uns dem Wald wieder als wertvolle Nahrung."

Klora drehte sich ab und ging in Richtung des Weges. „Kommst du mit?", fragend sah sie Poroh an. „Wohin?" „Zum Berg Dahn", Klora lächelte, „es ist nämlich einfacher für uns beide, wenn du mich begleitest, als wenn du die ganze Zeit heimlich hinter mir herschleichst."

30

Während Cchrom in Richtung der Waldgrenze lief, berichtete er Gordo, was er in den letzten Jahren erlebt hatte. „Meine Familie streift schon seit Generationen an den Außenbezirken des Waldlandes entlang. Ich kann mich noch gut daran erinnern, wie ich mit meiner Mutter einmal bis zur Grenze des Waldes gekommen bin. Wir lagen unter einem Brohmbusch und ich blickte von einem Augenblick auf den anderen in eine völlig andere Welt", Cchrom zögerte, er suchte nach den richtigen Worten, „… vor allem in eine unvorstellbare Helligkeit hinaus. Die Augen benötigten eine lange Zeit, um sich an die Lichtverhältnisse zu gewöhnen. Nun … das liegt schon einige Zeit zurück." Cchrom blieb stehen. Neugierig sah er Gordo an: „Du bist also von einer Seherin aufgezogen worden. Wie ist das?", neugierig sah er ihn an, „hat sie dir auch die alten Geschichten erzählt?"

Heranwachsende Bracks sind ganz wild auf Erzählungen und Berichte aus der Vergangenheit, oder von fremden noch unbekannten Gebieten.

„Ja ... ich hatte Glück", brummte Gordo, „im Unglück", fügte er hinzu. „Leider habe ich nie meine Mutter kennengelernt. Natürlich habe ich Defizite, weil ich nicht wie jeder andere Brack aufgewachsen bin. Aber wenn Borla nicht gerade in diesem Augenblick genau an dieser Stelle im Wald gewesen wäre, hätte ich überhaupt kein Leben gehabt. Die Bründis hätten mich totgeschlagen und aufgefressen."

„Pah", bei dem Wort Bründis knurrte Cchrom verächtlich. „Borla hat, wirklich alles was ihr möglich war unternommen, um mich möglichst artgerecht heranwachsen zu lassen. Wie du weißt, können die Mitglieder der Gilde untereinander über weite Strecken mit den Gedanken Kontakt miteinander aufnehmen. Borla hat zum Glück eine Seherin gefunden, die sich ein wenig mit unserer Art auskannte. Deren Ratschläge waren sehr hilfreich. Dann gibt es noch das große Archiv der Gilde. Dort ist sehr viel Wissen abgespeichert – auch über uns! Keine Ahnung in welcher Form. Aber Borla ist da ab und zu hingegangen und hat sich Ratschläge geholt. Und sie ist nicht nur eine Seherin ..., sondern auch ein sehr wertvoller Mensch."

Cchrom musterte Gordo abschätzend, „du magst sie?" „Ja",
knurrte sein Gegenüber und blickte kurz auf den Boden. „Wir verstehen uns gut." „Das ist hilfreich", Cchrom nickte, „es wird für sie
nämlich nicht einfach sein zu glauben, was du ihr berichten wirst.
Wir sind jetzt gleich an einer Stelle, die ich dir zeigen möchte."

Sie rannte noch eine Weile weiter und gelangten an eine kleine
Anhöhe. Cchrom lief zu einem Brohmbusch und ließ sich dort nieder. Gordo folgte seinem Beispiel. Neugierig wartete er bis Cchrom
berichten würde. Irgendetwas Wichtiges musste hier geschehen
sein. Eine Rast benötigten sie beide nämlich noch lange nicht.
„Das ist der Brohmbusch, unter dem ich damals mit meiner Mutter
gelegen bin." Gordo dachte über Cchroms Worte nach. An ihrem
Wahrheitsgehalt zweifelte er nicht einen Augenblick. Wenn ein
Brack sagte, dass er hier bereits einmal gewesen war, dann war
das auch so. Bracks irrten sich nicht und sie logen nie.

„Siehst du die Grenze des Waldlandes?", Cchrom zeigte mit einer
Tatzenhand nach vorne. „Nein, hier ist nur Wald!", erwiderte
Gordo, der sich anstrengte soweit wie möglich in die Weite zu spä-
hen. Aber er blickte wie immer nur auf Bäume, Büsche … Wald.

„Ja genau – und trotzdem war es genau dieser Brohmbusch unter dem ich mit meiner Mutter gelegen bin. Die Waldgrenze begann damals gleich dort unten in der Ebene neben dem Lardbaum."

Es herrschte Schweigen. Bracks waren hochintelligent. Aber Gordo wusste momentan nicht, wie er die Informationen von Cchrom einordnen musste. Wenn sie stimmten ... er berichtigte sich, sie waren selbstverständlich wahr, dann würde das aber bedeuten, dass ... Cchrom richtete sich auf, „komm mit, es gibt noch etwas, was du sehen musst, um zu verstehen."

Sie liefen die Anhöhe hinunter in die Ebene hinaus. „Sieh dir die Büsche und Bäume genauer an. Sie sind alle noch sehr jung." Das war richtig. Während er geschmeidig neben Cchrom herlief, musterte Gordo aufmerksam die Umgebung. Es sah tatsächlich alles wie frisch gewachsen aus. „Chmm", knurrte er verständnislos.

Cchrom blieb stehen und zeigte auf den Boden: „Siehst du diese Steine? Fällt dir etwas auf?" Gordo musterte die eigenartigen Steine. Sie waren alle gleich groß, behauen. Manche waren aufgeschichtet ... bildeten eine Wand. Andere grenzten eine Fläche am Boden ab."

„Was bedeutet das Cchrom?" „Das hier war eine Ansiedlung von Menschen Gordo. Von Menschen die außerhalb des Waldlandes leben. Sie besitzen kaum Holz, deshalb bauen sie ihre Unterkünfte aus einer Mischung aus Sand und Wasser." Gordo wirkte nachdenklich. Er lief zwischen den Trümmern herum und sah sich diese genau an. Überall hatte der Wald bereits begonnen die Steine zu überwuchern. In wenigen Jahren würde nichts mehr auf die frühere Ansiedlung hinweisen.

„Komm", Cchrom lief weiter. Er wurde schneller und Gordo folgte ihm ohne Anstrengung. Schließlich liefen sie immer schneller. Gordo wusste, dass solch ein Kräftemessen häufig unter den Bracks vorkam. Einer begann zu rennen und die anderen folgten. Es war eine wahre Lust sich körperlich zu messen und zu zweit oder noch mehr mit hoher Geschwindigkeit dahin zu jagen. Kein anderes Lebewesen konnte sich so schnell fortbewegen wie die Bracks und vor allem auch über einen sehr langen Zeitraum. So ein Kräftemessen war nämlich erst zu Ende, wenn einer der Brack signalisierte, dass er eine Pause benötigte. Gordo wusste, dass er es nicht sein würde. Er blickte kurz zu Cchrom hinüber, auch dieser zeigte nicht die Spur von Erschöpfung trotzdem wurde er langsamer und deutete auf ein nahes Dickicht. „Dort hinüber."

Gordo folgte Cchrom. Er bedauerte, dass das Rennen bereits zu Ende war. Bracks waren dem Grunde nach Einzelgänger. Es konnte lange Zeit dauern, bis sich wieder die Gelegenheit für ein solches spielerisches Kräftemessen unter Artgenossen ergab.

Cchrom schob sich im Dickicht vorsichtig nach vorne. Es wurde heller – und dann war der Wald plötzlich zu Ende. Er hörte einfach auf! Und es war unglaublich hell. Gordo schloss blitzschnell seine schmerzenden Augen. Doch dieser stechenden Helligkeit konnte er damit nicht entkommen. Selbst durch seine zusammengepressten Lider nahmen seine Augen das grelle Licht noch wahr.

31

„Man gewöhnt sich daran Bruder, es ist gleich vorbei", Cchroms Worte zwangen Gordo nicht in Panik zu verfallen. Ein Brackkater hatte selbst in größter Gefahr ruhig und gelassen zu sein. „Was ist das?", knurrte er, während er vorsichtig seine Lider öffnete, anschießend aber sofort wieder verschloss. Der Schmerz war immer noch sehr groß. So eine Helligkeit hatte Gordo noch nie erlebt. Er hatte das Gefühl direkt in das Zentrum eines großen Feuers zu starren.

„Das hier Gordo", raunte Cchrom, „ist das Ende des Waldlandes. Hier beginnt das Sandland." Gordo öffnete erneut seine Lider, tatsächlich gewöhnten sich seine Augen langsam an das grelle Licht. „Ich wusste nicht, dass das Waldland ...", begann er zögernd. „... begrenzt ist", ergänzte Cchrom.

„Nein", Gordo schüttelte seinen mächtigen Schädel, „natürlich wusste ich, dass das Waldland eine Grenze haben muss. Aber das so abrupt ein anderes Land beginnt und dass es so anders ist. Und", zögernd sprach er den Gedanken aus, der ihn schon die ganze Zeit über beschäftigte, „warum dehnt sich der Wald aus Cchrom?"

Der Angesprochene zögerte mit seiner Antwort, „das weiß ich nicht Gordo, aber das ist genau das Problem, um das es geht. Der Wald wächst, und zwar in einer Schnelligkeit, die keinesfalls natürlich ist. Die Bäume und Sträucher vermehren sich in einem unglaublichen Tempo. Diese Ausdehnung bedroht die Lebewesen außerhalb des Waldes. Du hast es selbst gesehen, die Grenzen verschieben sich. Die Sandmenschen müssen sich immer weiter zurückziehen, um neuen Lebensraum zu finden. Aber das ist es nicht allein", Cchrom knurrte, „auch die Lebensbedingungen dieser Menschen verändern sich massiv zu ihrem Nachteil."

„Wie meinst du das?", Gordos Augen gewöhnten sich langsam an die Helligkeit. Zwar tränten sie noch, aber er konnte sie jetzt länger geöffnet halten. „Als meine Mutter noch lebte, sind wir oft gemeinsam dem Lauf der Bäche und Flüsse bis zur Waldgrenze gefolgt. Das Wasser wurde dort von den Sandmenschen sehnsüchtig erwartet. Das Wasser versank am Waldrand und sammelte sich in unterirdischen Kanälen. Meine Mutter wusste aus den alten Erzählungen, dass sich alle Kanäle dann zu einer großen Wasserader zusammenschlossen. Diese floss in das Sandland hinaus und kam in einer unterirdischen Höhle wieder zum Vorschein. Für die Menschen des Sandlandes ist jeder Tropfen Wasser überlebenswichtig. Sie haben keine anderen Quellen. Das Wasser, dass aus dem Waldland kommt, wird deshalb gerecht unter den Menschen, Pflanzen und Tieren geteilt." Cchrom seufzte, „meine Mutter hat mir immer sehr anschaulich erklärt, wie wertvoll das Wasser für alle Lebewesen auf Pallus ist. Nun du kennst doch sicherlich auch die Geschichte der Waldmenschen über den versiegenden Brunnen?"[15]

„Ja", Gordo nickte, „Borla hat mir in meiner Kindheit davon erzählt. Ich bin in einer Höhle nahe an einem Gewässer aufgewachsen. Für Borla ist Wasser ein Geschenk aus alter Zeit, ohne dass es kein Leben geben kann."

„Deine Borla hat recht", Cchrom fuhr spielerisch die Krallen seiner Tatzenhände einige Male ein und aus. Das war ein Zeichen dafür, dass er innerlich erregter war, als er nach außen zeigte.

---

[15] vgl. Anhang: Die Buhlbaumrollen

„Bei den Menschen des Sandlandes kommt immer weniger Wasser an", knurrte er schließlich, „der Wald ist jetzt so groß und durstig geworden, dass er fast das gesamte Wasser für sich selbst benötigt. Die neuen Sträucher und Bäume saugen es gierig in sich auf. Für die Sandmenschen bleibt nur noch ein kümmerlicher Rest übrig. Viel zu wenig. Das ist das Problem Gordo – unsere Welt verändert sich." Cchrom knurrte und sah seinen Artgenossen an, „und der Wald wächst immer noch weiter."

Gordo schwieg. Er betrachtete voller Neugierde das Bild, dass sich ihm bot. Für ihn, der sich immer nur zwischen Bäumen und Sträuchern aufgehalten, war es sehr fremd plötzlich eine riesige freie Sandfläche vor sich zu haben. Vor ihnen lag ein Lager das anscheinend provisorisch entstanden waren. Die Menschen hatten lediglich Behausungen aus Stoff angefertigt, keine festen aus Stein. Gordo hatte häufig heimlich die Andus beobachtet. Er wusste deshalb sehr genau, dass es in diesem Lager viel zu hektisch zuging, auch wenn es sich dort nicht um Waldmenschen handelte. Das Bild, das sich bot, war nicht das eines normalen Lagerlebens. Seltsame Tiere waren zusammengetrieben worden. Sie dienten anscheinend als Last- und Reittiere. Große Stoffballen wurden gefüllt. Die Männer fertigten lange gefährlich aussehende

Stangen an. „Damit gehen sie auf die Jagd", Cchrom war Gordos Blick gefolgt. „Die Sandmenschen werfen mit diesen Stangen auf ihre Beute. Sie sind darin sehr geschickt." „Was haben sie vor", Gordos Stimme klang belegt. „Ich befürchte, dass sie sich hier versammeln, um gemeinsam gegen die Bedrohung ihres Lebensraumes zu kämpfen", erwiderte Cchrom.

„Krieg", kaltes Entsetzen packte Gordo, „du meinst, sie rüsten zum Angriff … gegen ... gegen uns!" „Nein Bruder", Cchrom schüttelte traurig seinen Schädel, „Sie kämpfen lediglich um ihr Leben."

Durst - Tod

32

Trochh hatte sich nach langem Zögern nun doch für einen Angriff entschieden. Lange hatte er überlegt, doch die stetig zunehmende Not seines Volkes ließ ihm letztendlich keine andere Wahl mehr. Er war nun einmal der Anführer der Sandmänner, welche sich dazu entschlossen hatten in den Wald einzudringen. Allein der Gedanke an diesen dunklen fremden Ort hatte ihnen bisher immer einen großen Schrecken eingejagt. Trochh wäre freiwillig niemals in die Dunkelheit der Bäume und Sträucher gegangen. Und, soweit er wusste, war dies den Sandmenschen auch nicht erlaubt. So behauptete es zumindest Dorchhma der Quellmeister.

Trochh wusste, dass der alte Quellmeister und Herr über die Verteilung des Wassers des Sandvolkes sein Tun missbilligte. Aber sie konnten doch nicht einfach nur stur dasitzen und zusehen wie das knappe Wasser immer mehr versiegte! Die Ursache musste in dem Wald liegen. Dieser dunkle Moloch schob sich widernatürlich schnell in das Sandland hinein. Einige der Männer behaupteten sogar, sie würden in der Nacht das Krachen und Stöhnen der stetig wachsenden Bäume und Sträucher hören. Trochh zweifelte daran, aber wundern würde es ihn nicht. Es war in der Tat äußerst unheimlich, mit welcher Geschwindigkeit sich der Wald ausdehnte.

Die Frauen und Männer des Sandvolkes waren im Grunde überaus friedlich. Falls wirklich einmal ein Zwist unter ihnen ausbrach, wurden die Kontrahenten von der Gemeinschaft in die Wüste gesandt und durften erst wieder zurückkehren, wenn sie ihre Differenzen beendet hatten. Selbstverständlich mussten sie unversehrt zurückkehren, es durfte auf keinen Fall Gewalt eingesetzt werden.

Die einzigen Waffen des Sandvolkes waren Wurfspieße, welche die Hirten in der Nacht bei sich trugen, um sich gegen herumstreunende Pakale wehren zu können. Trochh hatte seinen Anhängern vor einigen Tagen empfohlen weitere Spieße anzufertigen. Sonstige Waffen waren im Sandland unbekannt und auch verpönt. Insgeheim zweifelte Trochh, ob Wurfspieße in einer Wüste aus lauter Bäumen und Sträuchern überhaupt eine geeignete Waffe darstellten. Aber zumindest beruhigte es einige seiner Anhänger, wenn sie einen der Spieße bei sich trugen.

Den Proviant, den sie mitnehmen wollten, ließ er in dicke Decken einwickeln. Es handelte sich zumeist um getrocknete Quardwurzeln, von denen es in letzter Zeit auch immer weniger gab. Vielleicht gab es im Wald unbekannte Nahrungsmittel? Wurzeln oder Früchte die ihren Hunger stillen würden. Wasser? Trochh lächelte traurig, Wasser, das wäre großartig. Einfach einmal nicht nur ein, maximal zwei kleine Schlucke trinken, sondern drei ... vielleicht sogar eine ganze Trageschale voll, ohne sich für seine durstige Gier vor dem übrigen Volk schämen zu müssen.

Er würde Dorchhma um zusätzliches Wasser bitten müssen. Der alte Quellmeister missbilligte sein Vorhaben, aber er würde sicherlich etwas Wasser für die Männer abzweigen. Falls es noch etwas gab. Trochh griff sich unter seinen Umhang. Er berührte die beiden filigran geflochtenen Vereinigungsgürtel. Sie waren ein Symbol beim Sandvolk, dass sich ein Paar für ein gemeinsames Zusammenleben entschieden hatten. Seit Klarkha vor einigen Tagen entkräftet verstorben war - sie hatte ihre Wasserration wie viele Frauen dem Kinderhaus überlassen – trug er als Erinnerung an seine Frau auch deren Gürtel. Als man Klarkha dem ewigen Kreislauf des Sandes übergab, hatte er sich geschworen in den Wald einzudringen und Rechenschaft einzufordern. Nicht körperliche

Rache, sondern ehrliche Antworten auf die vielen Fragen die das Sandvolk hatte. Die meisten begannen einfach nur mit, warum …?

33

Er hatte schon lange jegliches Zeitgefühl verloren. Dorchhma, der alte Quellmeister, Herr über die Verteilung des Wassers des Sandvolkes senkte tief betrübt seinen Kopf. Tränen der Verzweiflung liefen über sein zerfurchtes Gesicht. Wie lange starrte er jetzt schon auf das Quellloch an der Felsenwand? Es gab keinen Zweifel mehr, die heilige Quelle führte immer weniger Wasser. Die geringe Menge reichte einfach nicht mehr für die Tiere, Pflanzen und vor allem die Menschen im Sandland aus.

„Warum? Was haben wir denn nur getan?", verzweifelt sah er auf das faustgroße Loch in dem Felsen. Ein kleines Rinnsal von Wasser floss träge heraus und fiel in ein großes steinernes Loch im Boden, von wo aus es über ein kompliziertes unterirdisches Röhrensystem aus geformtem Stein an das Volk verteilt wurde. So war es zumindest bisher gewesen … in letzter Zeit gab es aber immer weniger zu verteilen. Die Wahl welche Röhre geöffnet und welche verschlossen blieb war die ureigenste Aufgabe des Quellmeister. Dorchhma wusste, dass er jedes Mal, wenn er den Zufluss einer Röhre verschloss, Lebewesen des Sandlandes vom lebensnotwendigen Wasser abschnitt. Es war damit immer auch eine Entscheidung über Leben und Tod. Dorchhma öffnete langsam eine der verschlossenen Rohre. Viel zu wenig Wasser floss in die dunkle Öffnung. Am Ende des Rohres wartete der Stallmeister sehnlichst, um die vor Durst brüllenden Tiere der Gemeinschaft versorgen zu können. Die Tiere welche noch übrig waren! Bereits vor einigen Sonnenumdrehungen waren die Alten und Schwachen unter ihnen getötet wurden. Eigentlich ein großer Frevel, da es ein ehernes Gesetz des Sandvolkes war, die Lasttiere aus Dank für ihre lange und mühevolle Arbeit auch im Alter zu versorgen. Der Wassernotstand zwang das Sandvolk leider immer öfter dazu moralische Grundregeln außer Kraft zu setzen.

Auch Dorchhma hatte in letzter Zeit Entscheidungen getroffen, von denen er hoffte, dass er sich nie dafür verantworten musste. Die Anpflanzungen bekamen selbstverständlich bevorrechtigt das notwendige Wasser. Wenn die Quardwurzeln erst einmal vertrocknet waren, fiel nicht nur eine Ernte aus. Auch der wertvolle Samen der Früchte war dann verloren, da dieser geschützt in der Fruchthöhle der Hauptwurzel heranwuchs. Die Nächsten die versorgt werden mussten, waren die Nutztiere des Volkes, dann erst kamen die Familien mit Kindern dran. Die Häuser der Alten hatte Dorchhma von der Versorgung bereits abgekoppelt. Es fiel ihm nicht leicht, aber er musste letztendlich pragmatisch denken. Wichtig war momentan nur noch der Fortbestand des Volkes. Der Tod der Alten diente damit dem Wohl des Volkes. Die kinderlosen Familien würden die nächsten sein die er von der Versorgung abtrennen würde.

Erschöpft stand er seufzend auf. Ein letzter Blick auf die heilige Quelle, dann stieg Dorchhma müde die steinernen Stufen empor, die ihn zurück an die Oberfläche führten. Dass was jetzt vor ihm lag, war die letzte Entscheidung, die er für sein Volk treffen konnte. Ein Opfer ... ein Weg der unvermeidlich und leider auch endgültig war.

34

Krachno rieb sich die entzündeten Augen. Er starrte schon viel zu lange auf die langsam näherkommende Bedrohung. Langsam zog er sich das schützende Kopfteil seines Umhangs tiefer ins Gesicht. Er wusste nicht mehr, wie oft er in den letzten Tagen auf die hohe Sanddüne gestiegen war. Früher … es war noch nicht so lange her … war von dieser Stelle aus der dunkle Schatten des Waldlandes kaum zu sehen gewesen. Es war nur ein ferner Streifen am Horizont gewesen. Jetzt konnte er bereits einzelne Bäume und Sträucher erkennen. Es sah so aus, als würde sich der Wald explosionsartig ausdehnen. Der Sprecher der Berater des Quellmeisters schüttelte hilflos seinen Kopf. Er verstand einfach nicht, was gerade in seiner Welt geschah. Aus welchem Grund wuchs das Waldland so bedrohlich auf sie zu? Ihr Volk war in den letzten Sonnenumläufen immer weiter in die Sandwüste gedrängt worden. Die heilige Quelle, welche das Volk mit dem lebensnotwendigen Wasser versorgte, war einst sehr einsam hier verborgen hinter der großen Düne gelegen. In der Zwischenzeit waren die Behausungen der Menschen immer näher an die Quelle verlegt worden. Die ersten Ansiedelungen waren bereits aufgegeben worden. Sie waren vom Wald regelrecht verschluckt worden.

Durst quälte Krachno. Aber da ging es ihm wie den meisten Beratern. Sie hatten freiwillig ihre kärglichen Rationen noch weiter gesenkt, damit die jungen Frauen und Kinder etwas mehr von dem lebensnotwendigen Wasser abbekamen.

„Vielleicht kann Dorchhma eine gute Nachricht verkünden", murmelte er leise zu sich selbst. Er hoffte es sehr, aber er glaubte nicht daran. Zu oft hatte der Quellmeister verkündet, dass die heilige Quelle wieder weniger Wasser führte. Schon lange reichte das notwendige Nass nicht mal mehr für die dringend benötige Bewässerung der Quardwurzeln aus. Krachno blickte in die Richtung, wo die unterirdischen Felder lagen. Das Hauptnahrungsmittel der Sandmenschen wuchs unter Sand bedeckt heran und benötigte lediglich Wärme und geringe Feuchtigkeit. Früher hatte man die Felder genau erkennen können, weil die unterirdische Wasserzufuhr dazu führte, dass der Sand dort eine leicht dunkle Verfärbung hatte. In der Zwischenzeit sah man überall den gleichen weiß glitzernden Sand. „Wenn nicht bald etwas geschieht ...", knurrte Krachno leise vor sich hin, „können wir die jungen Männer nicht mehr aufhalten. Die pure Verzweiflung wird sie in den Wald treiben, um den Kampf aufzunehmen ... mit wem auch immer." Er bemerkte, dass er erneut Selbstgespräche führte. Aus Wasser-mangel, oder purer Verzweiflung ... traurig schüttelte der Sprecher der Berater seinen Kopf.

Bevor er sich endgültig umdrehte, um den Rückweg anzutreten, suchte er den Horizont ab. Wie so oft in den letzten Tagen hatte er gehofft, dass der Erkundungstrupp, der unter Hachmas Führung ins Waldland vorgedrungen war zurückkehren würde. Sein Toch-tersohn war ein kluger Mann. Hoffentlich kam er bald wieder zu-rück. Sie benötigten dringend seinen Bericht. Viel Zeit blieb seinem Volk nicht mehr. Krachno wusste, dass etwas abseits von der Waldseite, die er von hier, sehen konnte, sich bereits einige junge Männer trafen, um auch gegen den Willen des Quellmeisters in den Wald einzudringen.

Vielleicht lag die Zukunft seines Volkes noch weiter in der Tiefe des Sandlandes. Krachno blickte versonnen auf die unendliche Sandwüste, die sich hinter der heiligen Quelle ausbreitete. Das Problem war, dass niemand wusste, wie weit sich die Wüste er-streckte und ob es dort draußen überhaupt irgendwo Wasser gab. Er selbst hatte sich einmal so weit vorgewagt, dass er die Kuppel der heiligen Quelle gerade noch erkennen konnte. Dann war er umgekehrt, weitergehen hätte seinen sicheren Tod bedeutet. Schon immer hatte es junge Abenteurer in die Wüste gelockt. Trotz allermöglichen Vorkehrungen war bisher noch nie einer zurückgekehrt. Sie hatten damit bald die Wahl wie sie sterben wollten. Verschlungen von dem unheimlichen Waldland, oder aus Not hineingetrieben in die heiße Sandwüste. Wahrscheinich würden sie eh vorher alle verdurstet sein.

35

Müde stieg Dorchhma die steinernen Stufen empor. Vor der hölzernen Tür blieb er kurz stehen. Sie war denkbar einfach und primitiv, gleichzeitig aber auch unglaublich wertvoll. Holz war nämlich ein äußerst seltener Naturstoff in einer Welt aus Sand. Türen aus Holz gab es sonst nicht. Die Menschen benutzten hier gewebte Decken, um Räume abzuteilen. Doch für den Zugang zur heiligen Quelle war das Holz eines der seltenen Bäume im Sandland verwendet worden.

Dorchhma schloss seine Augen, das Öffnen der Türe fiel ihm so schwer. Er war sich bewusst, dass es das letzte Mal in seinem Leben war, dass er diesen Weg gehen würde. Entschlossen stieß er schließlich mit einem Ruck die Türe auf ... und blickte in die erwartungsvollen Gesichter seiner versammelten Berater.

Müde schlürfte Dorchhma auf den erhöhten freien Sitzstein und ließ sich dort nieder. „Nun?", fragte Krachno hoffnungsvoll. Dorchhma musterte angespannt die Gesichter der Männer. Sie alle blickten ihn erwartungsvoll an und ahnten doch was er ihnen gleich sagen würde.

„Ihr wisst es doch bereits ...", begann er müde und seufzte, „die heilige Quelle versiegt", er schloss seine Augen, „die Wassermenge hat sich erneut verringert. Es ist jetzt nur noch ein Rinnsal, das in den Verteilerbrunnen fließt."

„Warum", schrie Krochnt einer der jungen Berater zornig auf. „Was ist denn bloß geschehen, was diese Strafe der Götter rechtfertigt? Wir haben gegen deinen Willen sogar Opfer gebracht Quellmeister. Ich selbst habe vor zwei Tagen mein wertvollstes Tragetier getötet."

Dorchhma hob leicht seine Hand und es herrschte wieder Ruhe. Mühsam holte er einige Male tief Luft. Natürlich hatte er von den geheimen Opferungen gehört. Im Grunde bewies der Rückfall in die alten primitiven Riten nur wie verzweifelt das Volk war. Er bedauerte dies, aber er konnte deshalb niemand böse sein.

Mit einem Seufzer erhob sich der Quellmeister. Er blickte zu Boden, während er leise sprach. „Ich glaube nicht, dass sich die Götter gegen uns gewandt haben. Die Ursache liegt im Waldland, es dehnt sich krankhaft wie eine Seuche aus. Die uralte heilige Vereinbarung aller Völker von Pallus wurde gebrochen." Dorchhma zitterte leicht, er ballte entschlossen seine Hände zu Fäusten und blickte seine Berater an. „Die Völker des Sandlandes benötigen jetzt einen neuen entschlossenen Quellmeister. Ich bin zu alt und zu müde geworden, um diese Aufgabe erfüllen zu können."

Entsetzt sahen die Berater den Quellmeister an. Sie wussten, was die Worte Dorchhmas bedeuteten. Seinen Platz für einen neuen Quellmeister freizumachen war das letzte Opfer, das er für sein Volk bringen konnte. Ein großes Opfer, denn Quellmeister blieb man bis zu seinem Tod.

Dorchhma blickte Krachno an, „reich mir bitte dein Messer." Der Sprecher seufzte und griff sich an seinen geflochtenen Gürtel. Als Symbol seines Amtes trug er ein reichgeschmücktes verziertes rituelles Messer. Mit gesenktem Blick reichte er es Dorchhma. Der lächelte als er es in Händen hielt. „Das letzte Mal, als ich damit in Berührung kam, wurde damit mein Sohn entbunden. Lasst mich jetzt allein."

Krachno stand auf und holte aus einer Nische einen tönernen Krug mit Wasser. „Ein letzter Schluck Dorchhma. Du hast seit zwei Tagen nichts getrunken."

Der Quellmeister lachte trocken auf, „mein lieber Freund, dass wäre jetzt aber dann doch wirklich eine Verschwendung. Gib den Schluck deinem Urenkel. Auch er leidet Durst", traurig verzog Dorchhma sein Gesicht, „Kinder sollten keinen Durst leiden müssen."

Krachno gab den versammelten Männern einen Wink. Leise und mit gesenkten Häuptern verließen sie den Raum. Als der Sprecher ihnen folgen wollte, hörte er noch einmal die Stimme des alten Quellmeisters hinter sich, „Krachno." „Ja Dorchhma?" „Trefft eine gute Wahl."

Als er allein war, blickte Dorchhma versonnen das rituelle Messer an. Ob es in dem Land hinter den Dünen, von denen die Geistheiler manchmal sprachen, tatsächlich genügend Wasser für alle gab? Einige behaupteten sogar, es gäbe dort so viel davon, dass man mit seinem ganzen Körper hineinsteigen konnte. Dorchhma schüttelte seinen Kopf, was für ein Unsinn und Frevel, man würde damit das kostbare Nass doch nur verunreinigen. Nun in wenigen Augenblicken würde er klüger sein. Ohne nochmal einen Gedanken an etwas zu verschwenden, stieß sich der alte Mann die Klinge des Messers bis zum Schaft in sein Herz.

36

Der Tod von Dorchhma lag bleiern über dem Sandland. Es musste jetzt eilig ein neuer Quellmeister bestimmt werden. Ohne einen Quellmeister gab es überhaupt keinerlei Hoffnung mehr. Er war das Symbol des Sandvolkes – und nur er durfte über die Verteilung des knappen Wassers entscheiden.

Krachno machte sich auf und brachte die Nachricht von Dorchhmas Tod selbst zu den jungen Männern, die sich in der Nähe des Waldlandes versammelt hatten, um von dort aus in den Kampf zu ziehen. Tief betroffen standen die Männer um ihn herum und blickten traurig zu Boden. Fast alle hatten Dorchhma als alten gütigen Mann kennengelernt.

„Wann wählt ihr?", Trochh sah Krachno fragend an. „Warum?" Trochh zuckte mit seinen Schultern, „ihr könnt uns nicht aufhalten Berater. Aber selbstverständlich werden wir abwarten, bis der neue Quellmeister gewählt ist." Krachno nickte verstehend. Eigentlich stand das Ergebnis der Wahl fest. Es konnte nur ein Berater gewählt werden. Fast immer wurde der Sprecher der Berater zum Quellmeister gewählt. Doch diesmal ging es um mehr als um eine herausragende Stellung und hohes Ansehen. Es galt auch eine Abspaltung eines Teils des Volkes zu verhindern. Krachno hatte zwar großes Verständnis für die jungen Männer, die in den Wald eindringen wollten. Gleichzeitig gestand er sich ein, dass falls die Männer nicht mehr zurückkehren würden, der Bestand des Sandvolkes genauso gefährdet war, als wenn das kostbare Wasser weiter versiegte. Ihr Volk war nicht besonders groß. Jeder der verstarb, stellte einen großen Verlust dar.

„Trefft eine gute Wahl." Dorchhmas letzte Worte hallten in Krachnos Kopf nach. Der Berater blickte Trochh entschlossen an, er hatte gerade einen Entschluss gefasst: „Ich muss dich bitten mitzukommen." „Warum?" „Nun", Krachno lächelte müde, „du weißt doch, dass es jedem Berater offensteht, für die Wahl ein weiteres Mitglied aus dem Volk zu bestimmen." Krachno schwieg und zeigte dann auf die Brust von Trochh, „ich bestimme dich. Du kannst diese Wahl nicht ablehnen."

„Warum machst du das Berater? Willst du mich damit vom Eindringen in den Wald aufhalten? Glaub mir, dass kannst du nicht." „Ich möchte dich dabei haben Trochh, weil du einen großen Teil des Volkes verstrittst. Und jetzt komm bitte mit. Die Wahl findet gleich

statt. Das Volk benötigt in diesen Zeiten schnell einen neuen Quellmeister."

Krachno drehte sich um und ging in Richtung der heiligen Quelle
davon. Er lächelte insgeheim, als er bemerkte, wie ihm Trochh
folgte. Auf halber Strecke blieben sie stehen und sahen sich um.
Trochh zeigte auf den Wald, „manchmal überlege ich, ob sich in
dieser Dunkelheit jemand verbirgt, der uns von dort aus genauso
betrachtet wie wir den Wald."

„Glaub ich nicht", Krachno schüttelte heftig seinen Kopf. „Wenn
uns da ein ...", er zögerte, „... Mensch sehen würde ... mit unserem Leid und unserer Not ... er würde doch sicherlich herauskom-
men und uns beistehen und helfen."

Entschlossen drehte sich Krachno um und schritt auf die heilige
Quelle zu. Die Wahl des neuen Quellmeisters stand an, sie hatten
keine Zeit zu verlieren.

Die Wahl selbst verlief innerhalb kürzester Zeit. Krachno, als der
Sprecher der Berater des verstorbenen Quellmeisters, hielt eine
eindringliche Rede, zu der die meisten Berater regelmäßig nickten.

Sie blickten ihn lediglich überrascht an, als er Trochh zum neuen Quellmeister vorschlug.

Am Berg Dahn

37

Es war für die Verhältnisse des Waldlandes eine riesige Menschenmenge, die sich in der Zwischenzeit bei den Wasserfällen von Thum versammelt hatte. Aus allen Teilen des Landes waren die Abgesandten ihrer Völker für die Wahl des Allbewahrers eingetroffen. Auch Klora, Kraith und Lordi hatten dort vor einigen Tagen wieder zueinandergefunden.

Lordi, Kraith und Poroh, der Klora noch immer begleitete, standen staunend vor dem riesigen Wasserreservoir, in das sich die scheinbar unerschöpflichen Wasserfälle von Thum mit tosender Wucht ergossen. Wenn man mit seinen Augen den Wasserfällen nach oben folgte, musste man seinen Kopf tief in den Nacken legen. Weit oben vom Berg Dahn stürzten sich die Wassermassen nach unten. Es war ein unglaublicher Anblick. Wenn die Strahlen von Rahm und Tham auf die stürzenden Wassernebel stießen kam es zu faszinierenden Farbspielen.

Eine ältere Seherin klärte die staunenden Waldmenschen über die Wasserfälle auf. Sie sprach in ein langes trichterförmig geschnitztes Holzrohr, um die Geräusche des Wasserfalls zu übertönen.

„... außerdem ist dieses Wasserreservoir der Quell sämtlicher Bäche und Flüsse des Waldlandes. Man kann sagen, dass sich die Wasserfälle von Thum segensreich über das ganze Land ausbreiten und sämtliche Menschen und Pflanzen mit dem nötigen Wasser versorgen. Ohne diese unerschöpflichen Wasserfälle würde es das Waldland nicht geben. Die nicht benötigten Wassermengen fließen über tief in der Erde liegende Wasserstraßen schließlich langsam wieder hierher zurück. Das Wasser, welches über den Wald abgegeben wird, sammelt sich in Wolken, welche von den Winden zurück zum Berg Dahn geweht werden, wo es dann in die Wasserfälle von Thum abregnet. Es ist seit Urzeiten ein immerwährender Kreislauf, der das Waldland schützt und Leben schenkt.

Nur sehr wenig des lebensnotwendigen Wassers verlässt das Waldland und versorgt die außerhalb liegenden Länder. Aber auch dort verdunstet irgendwann das Wasser und nimmt seinen Weg zum Berg Dahn zurück. Dieser Ort hier ist wahrlich ...“

Klora wandte sich ab. Sie war mit Bora während ihrer Lehrjahre schon einige Male hier gewesen und kannte die Geschichte der Wasserfälle von Thum. Nachdenklich ging sie den breiten Weg weiter nach oben in Richtung des Hains der weisen Frau, wo sich die anwesenden Seherinnen versammelt hatten. Sie wurde von diesen freudig begrüßt, geradeso als hätte sie schon immer zur Gilde gehört. Die weise Frau vom Berg Dahn umarmte sie kurz, „Ich freue mich sehr dich hier unversehrt wiederzusehen. Bora hat mir von deinem Erlebnis mit den ausgestoßenen Waldmenschen erzählt. Leider ist das Waldland zurzeit nicht so sicher wie wir es gewohnt sind."

„Wo ist Bora?", Klora sah sich suchend um. „Auf dem Weg Klora. Sie hat die weiteste Anreise von uns allen", antwortete lächelnd die weise Frau, „aber ich bin mir sicher, dass sie rechtzeitig eintreffen wird."

Klora deutete auf die Wasserfälle und fragte besorgt, „seit wann führen sie so wenig Wasser?" Die weise Frau schüttelte traurig ihren Kopf. „Leider schon eine ganze Weile. Wir haben dieses Geschehen mit großer Sorge beobachtet. Schließlich haben wir die Buhlbaumrollen nach ähnlichem Phänomen durchgesehen." Die weise Frau seufzte, „deshalb benötigen wir auch einen Allbewahrer. Die Existenz des Waldlandes ist bedroht. Die Wasser sind begrenzt … und sie drohen zu versiegen."

Nach diesen Worten wand sich die weise Frau ab und gab einer der Seherin ein Zeichen. Diese klopfte mit einem Holzknüppel auf einen hohlen Baumstamm. Ein dumpfer Ton ertönte und es wurde still. Die weise Frau hob ihre Hände und wand sich an die versammelten Gildemitglieder. „Die Zeit ist nun gekommen. Geht jetzt zu euren Begleitern zurück. Sie müssen hier unten lagern. Der Weg ab hier ist uns allein vorbehalten. Wir steigen in Kürze gemeinsam zur ersten Ebene hoch."

Klora stand etwas verwirrt da und sah sich um. Sie hätte sich ihren Einstand als Seherin anders vorgestellt. „Schwester?", eine ältere Seherin berührte sie sacht am Arm. Klora kannte sie nicht. „Ja?", antwortete sie fragend. „Ich sehe große Besorgnis in deinen Augen. Das ist angebracht Schwester", die alte Frau lächelte, „aber noch gibt es Hoffnung. Der Allbewahrer wird das Waldland retten." „Ja, da hast du hoffentlich recht", Klora seufzte, „wir müssen nur eine gute Wahl treffen."

„Nein", die alte Seherin schüttelte ihren Kopf und ging weiter. Sie drehte sich noch einmal kurz um und sah Klora ernst an, „wir müssen die richtige Wahl treffen. Gute Männer hat das Waldland genügend, aber das genügt für den Allbewahrer nicht."

Klora blieb noch eine Weile nachdenklich stehen, dann eilte sie rasch zu Lordi, Kraith und Poroh zurück. Sie berichtete darüber, was die weise Frau entschieden hatte, und stieg dann mit den anderen Seherinnen zur ersten Ebene hoch.

38

„Nein Bruder", Cchrom schüttelte seinen Schädel, „Sie kämpfen lediglich um ihr Leben." Nach diesem Satz von Cchrom waren sie von ihrem Beobachtungspunkt weiter in den Wald zurückgekrochen. Gordo richtete sich schließlich auf und streckte sich, „ich muss sofort zurück und Bora berichten. Sie wird wissen was zu tun ist."

„Ich begleite dich Bruder", Cchrom verbeugt sich tief. „Wenn du erlaubst, werde ich dein Schatten sein." Gordo verneigte sich dankend. Wenn ein Brack sich als Schatten anbot, bedeutete das, dass er seinen Begleiter durch alle kommenden Gefahren begleiten würde und ihn unter Einsatz seines Lebens verteidigen würde.

Gordo drehte sich um und lief los. Rasch verfiel er in einen schnellen Trab. Cchrom tauchte neben ihm auf wurde schneller und überholte ihn. Gordo nahm die Herausforderung sofort an. Beide Brack verspürten ein unglaubliches Verlangen sich gegenseitig zu einer immer größeren Geschwindigkeit anzustacheln. Viele Stunden rannten sie so dahin. Gordo hatte sich schon lange nicht mehr so wohl gefüllt. Zufrieden knurrte er immer wieder zwischen seinen scharfen Zähnen und jagte neben Cchrom her. Ihre Aufmerksamkeit ließ etwas nach. Immer größer wurden die Herausforderungen, denen sie sich voller Lust und Freude stellten. Die Spalten, die sie übersprangen, wurden breiter, mit Absicht suchten sie den Weg durch die besonders eng stehenden Baumbestände, die Größe der Dornenbüsche, die sie übersprangen nahm zu und schließlich sprangen sie, ohne lange nachzudenken einen tiefen Abhang hinunter und - landeten mitten in einer Olkhsippe.

Gordo und Cchrom hatten keinerlei Chance zur Flucht. Die fünf ausgewachsenen Olkhs wandten sich ihnen ruckartig zu, nahmen im gleichen Augenblick ihre Witterung auf und stürzten sich ohne Umschweife gierig auf ihre Beute.

39

So vieles war geschehen ...sie hatte wirklich Unglaubliches gesehen und von Zusammenhängen gehört, die sie sich überhaupt nicht vorstellen hatte können.

Begriffe wie Galaxien, Universum, Atomen, Zeitspiralen, oder die Oberen Mächte waren ihr bisher völlig unbekannt gewesen. Jetzt konnte sie diese einordnen und verstand die Zusammenhänge. Es war ganz einfach: Alles hing zusammen, alles hatte seine Bedeutung in dieser Spirale, die seit Urzeiten von den Oberen Mächten am Laufen gehalten wurde.

Bora nickte Dahn zu. Dieser lächelte und hob leicht seine Hand. Ein zerbrechliches Flatterwesen hatte sich dort niedergelassen. Als Dahn es leicht anblies, flog es weg. „Du bist jetzt bereit für den Rückweg?" „Ja Dahn", Bora nickte, „ich denke es ist jetzt so weit. Ich war lange genug abwesend. Wie viele Tage ...", sie schüttelte den Kopf, „nein Jahre, sind vergangen, seit wir hier sind?"

Dahn lachte auf, „ach Bora, du weißt doch, dass Zeit nicht greifbar und eigentlich auch nicht messbar ist. Während hier viel Zeit vergangen scheint, kann an einer anderen Stelle unseres Kosmos nur ein Wimpernschlag geschehen sein. Wer weiß das schon?" „Du vielleicht?", Bora fixierte ihr Gegenüber. „Das könnte tatsächlich der Fall sein", bekam sie lächelnd zur Antwort. Dahn blieb geheimnisvoll, er dehnte sich und stand auf. „Komm jetzt." „Werden wir uns wiedersehen?"

„Nein Bora, das werden wir nicht", Dahn schüttelte seinen Kopf, „das ist nicht vorgesehen." Fast glaubte Bora so etwas wie Bedauern in seiner Stimme zu hören. Immerhin hatten sie sehr viel Zeit miteinanderverbracht. Sie ergriff Dahns ausgestreckte Hand und ging mit ihm über die mit Blumen übersäte Wiese. Im Laufe der Zeit hatte sich Bora an den ständigen Anblick wechselnder Landschaften gewöhnt. Jede von ihnen hatte ihren Reiz und ihre eigenen versteckten Schönheiten.

Eine Tür erschien aus dem Nichts. Bora hatte sich auch an solche Ereignisse gewohnt. Sie drehte sich zu Dahn um. Fragend sah sie ihn an, „hast du nicht Angst, dass ich mit meinem jetzigen Wissen gegen die Pläne der Oberen Mächte verstoßen könnte."

Dahn schüttelte seinen Kopf. Er lächelte nachsichtig, „aber nein. Sobald du diese Tür durchschreitest, wirst du vergessen Bora." „Was nutzt mir dann mein Wissen? Die unzähligen Unterweisungen können doch nicht umsonst gewesen sein?", Bora kniff die Augen zusammen, sie begriff Dahns letzte Worte nicht. Dieser tippte behutsam an ihre Stirn.

„Du wirst vieles vergessen Bora, aber natürlich nicht alles. Die Geschichte der Oberen Mächte und unsere gemeinsamen Reisen und Erlebnisse werden verwehen, wenn du durch diese Tür trittst. Aber alles, was wichtig ist für deine künftigen Entscheidungen bleibt erhalten. Dein Geist wird es dir bei Bedarf zur Verfügung stellen." Dahn berührte mit seiner Hand Boras Kopf, „ein letztes Geschenk der Oberen Mächte." Bora spürte, wie sich ihr Körper veränderte. Sie fühlte sich mit einem Mal um Jahre jünger und vitaler. „Du bekommst mehr Lebensjahre, geh damit sorgsam um. Du wirst sie benötigen um die vielen Aufgaben, die auf dich warten, bewältigen zu können. Doch jetzt wird es tatsächlich Zeit", er deutete auf die halboffene Tür, „du wirst bereits sehnsüchtig erwartet. Wichtige Entscheidungen stehen an."

40

Nachdem sich Klora von Lordi, Kraith und Poroh verabschiedet hatte stieg sie mit den anderen Seherinnen zur ersten Ebene hoch. Ein schmaler Weg führte schleifenförmig sehr steil bergauf. Genau fünfmal verbreiterte der Pfad sich auf seinem Weg zum Gipfel des Berges zu einer großen flachen Ebene, von der aus ein freier Blick auf das Waldland möglich war. Zumindest soweit, bis der Gipfel in einer Wolkenwand verschwand. Was dahinterlag wussten die wenigsten Waldmenschen.

Fünf Ebenen – jede höher als die andere und jede mit einem veränderten Blickwinkel auf das Waldland. Die unterschiedlichen Perspektiven wirkten auf die Psyche des jeweiligen Betrachters. Die Gilde der Seherinnen hatte für jede Ebene eine Zeremonie vorgesehen. Jede Ebene die man höher stieg symbolisierte auch neu erlangtes Wissen. Die Mädchen und Frauen die sich auf ihre spätere Aufgabe als Seherin vorbereiteten, erreichten die erste Stufe. Nach ihrer Weihe kamen sie zur zweiten Stufe. Mit jeder Stufe stieg ihre Erkenntnis. Die fünfte Stufe war allein der weisen Frau und ihren Beraterinnen vorbehalten. Hinter vorgehaltener Hand wurde gemunkelt, dass es noch eine Stufe sechs geben sollte. Aber es gab niemand, der dies jemals bestätigt hatte.

Als sich alle Seherinnen auf der ersten Ebene versammelt hatten, trat eine der älteste von ihnen vor. Sie hielt eine Buhlbaumrolle hoch, es wurde still. Andächtig schob sich die alte Frau die Rolle über ihren Arm. Mit lauter Stimme trug sie vor: „Alles Leben ist begrenzt. Jegliches Leben ist endlich. Trotzdem, oder gerade deshalb ist es unendlich kostbar. Alles hängt zusammen. Ein scheinbar unbedeutender Vorfall in diesem Moment kann Auswirkung haben auf alle Waldmenschen der nachfolgenden Generationen. Wir sollten deshalb immer so leben, dass unsere Kinder später dankbar sind, solche Vorfahren gehabt zu haben. Der Wald gehört uns nicht. Er ist uns nur anvertraut, wir müssen ihn mit großem Respekt behandeln. Wir sind hier nur geduldet. Niemals ...“

Die weise Frau von Dahn erhob sich. Sie wusste, dass die Deklaration der ersten Ebene noch einige Zeit dauern würde. Es war jetzt an der Zeit ihre Nachfolgerin zu begrüßen. Bora war angekommen. Wichtige Entscheidungen standen an.

41

Mit dem Durchschreiten der Tür begann das Vergessen. Bora wusste bereits nicht mehr wie lange sie sich in der Welt der Oberen aufgehalten hatte. Waren Stunden, Tage oder vielleicht sogar Jahre vergangen? Es war auf jeden Fall irgendwie zeitlos gewesen. Sie hatte nie geglaubt, dass es so etwas gab. Die Welt der ..., der Namen war ihr gerade entfallen. Auch der Ort, wo sie gewesen war, oder waren es mehrere gewesen, entfiel ihr. War sie nicht sogar zu anderen Planeten gereist? Sie wusste es nicht mehr. War sie allein gewesen? Hatte sie Begleiter gehabt. Ein Gesicht tauchte in ihrem Gedächtnis auf. Nur kurz, bevor sie es betrachten konnte, verwehte bereits auch diese Erinnerung.

Neben der Öffnung im Felsen, aus der sie gerade geschritten war befand sich eine alte hölzerne Bank. Bora ging darauf zu und streichelte zärtlich über das verwitterte Holz. Buhlholz erkannte sie, sie war also wieder daheim auf Pallus. Sie setzte sich und blickte versonnen auf die Weite des Waldlandes hinunter. Irgendwie war sie ihr ganzes bisheriges Leben lang auf der Suche nach Wissen gewesen. Vor allem die Entstehung des Waldlandes und der darin wohnenden Menschen hatte sie interessiert. Der eigentliche Sinn ihres Hierseins, des Lebens, ihrer Existenz.

Woher kamen sie überhaupt? Allein darüber gab es sehr viele unterschiedliche Theorien. Eine Erzählung der Vorfahren berichtete von der Erschaffung des ersten Waldmenschen aus einem großen braunen Erdklumpen, der beim allerersten Frühlingsregen vom Berg Dahn heruntergerollt war und im Wald an einer kleinen Lichtung ans Ufer gespült worden war. Eines Tages sandten die beiden Sonnen Rahm und Tham besonders starke Strahlen auf diesen Klumpen. Die Erde wurde hart und rissig. Schließlich brach die braune Schale auf und die erste Frau kroch aus der Hülle heraus. Die Urmutter! Für Bora war diese Geschichte nur eine der vielen Sagen, die man sich am abendlichen Lagerfeuer erzählte und deren Wahrheitsgehalt jeder Vernunft widersprach.

Dann gab es noch die Theorie, dass die Waldmenschen von den Bründis abstammen könnten, oder zumindest gemeinsame Vorfahren haben sollten. Vor allem einige Bewahrer, die sich viel mit der Entwicklung von Pflanzen befassten, hielten einen solchen Ablauf für denkbar. Auch Marlik war ein Verfechter dieser Ansicht. Der Bewahrer der Andus hatte ihr einmal verschiedene Früchte gezeigt und ihr voller Begeisterung erklärt, dass die unterschied-lich aussehenden und verschieden schmeckenden Früchte alle ei-ner gemeinsamen Urfamilie angehörten. Durch ausgewählte Befruchtungen konnten das Wachstum und das Aussehen von Früchten und Gemüse willkürlich verändert werden.

Dieser Vorgang kam auch ohne Einmischung der Bewahrer in der Natur dauernd vor. Warum also sollte die Existenz der Waldmen-schen nicht auch auf so einen Vorgang zurückgehen? Als gemein-samen Urahn wäre ein Urahn der Bründis denkbar. Immerhin hatten die Waldmenschen und Bründis im Grunde viele Gemein-samkeiten. Arme, Beine, sie gingen beide aufrecht, bekamen le-benden Nachwuchs der lange Zeit fürsorglich aufgezogen werden musste. Aber deshalb gleich einen gemeinsamen Vorfahren zu ha-ben? Borla hatte diese Vorstellung immer für sehr gewagt gehal-ten.

Sie lächelte ... nun wusste sie die Wahrheit. Sie war so einfach, wenn man sie erfuhr und begriff. Bora bedauerte, dass sie davon keinem anderen Menschen berichten konnte. Sie begriff, dass sie über Wissen verfügte, dass sie nicht weitergeben durfte. Es würde ihr nicht möglich sein darüber zu reden. Aber sie trug viel Erkenntnis in sich, um ihre zukünftigen Aufgaben erfüllen zu können. Sie war jetzt schließlich die weise Dame vom Berg Dahm. Ihre Aufgabe war es die Pläne welche die … die ….

Bora seufzte. Ihr Gedächtnis ließ sie erneut im Stich. Sie griff sich an ihren Kopf. Sie war nun doch etwas durcheinander. Einerseits akzeptierte sie, dass sie hier saß und über so viel neues Wissen verfügte, andererseits klaffte da eine Lücke in ihrem Gedächtnis die sich wie ein Abendnebel langsam ausbreitete.

Eines wusste Bora aber, dass sie die neue weise Frau war und dass sie von der Gilde sehnlichst erwartet wurde. Immerhin war sie genau aus diesem Grund den Weg der Erkenntnis gegangen. Sie hatte sich dabei verändert. Bora lächelte, sie fühlte sich weiser, ruhender und völlig ausgeglichen als noch vor wenigen Tagen. Aber war es wirklich nur wenige Tage her als sie ihre Reise angetreten hatte? Ihr fehlte immer noch das Gefühl für die abgelaufene Zeit. Trotzdem war sie deswegen nicht beunruhigt. Ganz im Gegenteil, Bora war völlig ruhig und entspannt. Sie ruhte völlig in sich selbst. Vielleicht lag das auch an dem Wissen, dass ihr jetzt zur Verfügung stand und an der Erkenntnis, dass gesehen an der

Größe des sie umgebenden Allraumes, die Probleme der Waldmenschen auf Pallus im Grunde völlig unwichtig waren. Trotzdem
würde sie natürlich versuchen ihrer Aufgabe gerecht zu werden.
Bora stand auf. Sie blickte auf das vor ihr liegende Land hinaus.
So sah er also aus, der Blick von der sechsten Ebene. Die Hochebene, die über den Wolken lag und von der aus der Allbewahrer
seine Aufgabe zu erfüllen hatte.

„Ich werde eine gute weise Frau werden Dahn", Bora wunderte
sich über ihre eignen Worte. Wie kam sie dazu mit dem Berg zu
reden, als wäre er ein Lebewesen. Nachdenklich machte sie sich
an den Abstieg. Während sie dahinschritt spürte sie die Kraft, die
sich in ihr befand, lächelnd betrachtete sie ihre Hände. Die Flecken
der Jahre waren verschwunden. Sie war jünger geworden, hatte
manche Last des Alters abgelegt. Bora war keine alte Frau mehr,
auch kein junges Mädchen, aber sie war wieder eine junge kräftige
Frau voller Tatendrang.

Am Übergang zwischen der fünften und sechsten Ebene stand ihre
Vorgängerin und senkte als Bora eintraf ehrfürchtig ihren Kopf. „Ich
war mir sicher, dass du die Prüfungen bestehen wirst Bora.
Komm", die alte Frau ergriff sie an der Hand, „wir müssen zurück

zur Gilde. Du wirst dort sehnlichst erwartet. Es sind jetzt wichtige Entscheidungen zu treffen."

42

Als die beiden Frauen in die Runde der Seherinnen traten verstummte die alte Frau, welche den Inhalt einer Buhlbaumrolle vortrug. Die weise Frau nahm ihren Umhang ab und legte ihn ihrer Begleiterin vorsichtig über die Schultern. Dann verbeugte sie sich tief.

„Ich habe vor einigen Tagen eine Entscheidung getroffen", wandte sie sich an die versammelten Seherinnen, „die Zeit ist reif für meine Nachfolgerin. Meine Wahl fiel auf Bora. Sie ist bereits den Weg der Berufung gegangen und zur richtigen Zeit zurückgekehrt. Dem Berg Dahn sei Dank." Die alte Frau seufzte schwer, bevor sie weitersprach, „es stehen in den nächsten Tagen viele Entscheidungen an, die einen wacheren Geist als meinen benötigen. Bora ist deshalb ab sofort die neue weise Frau." Die alte Frau verneigte sich tief vor Bora drehte sich um und reihte sich dann in die Riege der normalen Seherinnen ein.

Bora blickte in die Runde der versammelten Frauen, welche sie erwartungsvoll ansahen und während sie noch überlegte, welche

Worte sie jetzt sagen sollte, fing sie ohne eigenes Zutun zu sprechen an. Bora spürte, dass sie in diesem Augenblick nicht Herr der Worte war, die über ihre Lippen kamen Sie wurde gelenkt ... von ... von? Ein Erinnerungsschatten tauchte auf ... ein Mann oder ... das verschwommene Bild verschwand im gleichen Augenblick. Bora lauschte erstaunt ihren eigenen Worten. Sie erkannte, dass diese gut waren und ließ geschehen, dass ihr Körper benutzt wurde. Sie wusste intuitiv, dass genau dies von ihr erwartet wurde.

„... das ist leider die Wahrheit. Das Waldland ... die uns umgebenden Länder, der gesamte Planet steht vor der Vernichtung, wenn wir jetzt nicht einschreiten. Retten kann uns aus dieser großen Not nur ein Allbewahrer. Trefft deshalb aus den Männern, die bei den Wasserfällen von Thum warten eine Vorauswahl. Denkt vor allem daran, nicht nur die grobe Kraft zählt, sondern auch Klugheit, Weisheit und vor allem der absolute Wille sich für das Waldland und seine Menschen einzusetzen."

Boras Stimme schwieg. Sie selbst lauschte den Worten nach, die von ihren Lippen gekommen waren. Sie bemerkte die Blicke der Seherinnen und räusperte sich, auffordernd klatschte sie in ihre Hände: „Geht jetzt Schwestern und holt die Männer, von denen ihr glaubt, dass sie gute Allbewahrer sein könnten. Trefft eine gute Wahl. Ich erwarte euch dann auf der Ebene zwei."

43

Bora hatte sich, nachdem die Seherinnen sie verlassen hatten, in eine etwas abseitsstehende Hütte zurückgezogen, welche allein der weisen Frau vorbehalten war. Nur kurz inspizierte sie den kärglich eingerichteten Raum. Es war alles vorhanden, was sie benötigte. Ihr genügte ein einfaches Lager, um sich etwas auszuruhen. Bora rollte ein paar Decken aus und legte sich darauf. Entspannt schloss sie die Augen und lauschte auf die Geräusche, die auf sie eindrangen. Das leise Geflüster der Seherinnen war zu hören. Obwohl sie sich sehr darum bemühten ruhig zu sein. Gerade die jüngeren Frauen unter ihnen wollten sich aber untereinander austauschen. Die erfahrenen Seherinnen hatten sich bereits zurückgezogen.

Bora konzentrierte sich auf Kloras Stimme, doch ihre ehemalige Schülerin war nicht zu hören. Zufrieden lächelte die weise Frau. Klora wusste sich gut zu beherrschen. Andere Geräusche drangen auf Bora ein. Die Nacht klang anders als der Tag. Plötzlich verstummten einige der Nachttiere. Ganz kurz nur, aber Bora hatte die Stille sofort bemerkt. Sie konzentrierte sich auf ihre nähere Umgebung und erfasste den kaum wahrnehmbaren Unterschied, sie lächelte glücklich. Ohne ihre Augen zu öffnen, flüsterte sie leise, „ich grüße dich Gordo, du bist gerade zur rechten Zeit zurückgekommen."

„So war es ausgemacht Bora", erklang die Antwort. Bora setzte sich auf und öffnete ihre Augen. Entsetzt betrachtete sie den Brackkater. Sein Fell war zerrissen, zahlreiche Wunden bedeckten den Körper, über den Rücken waren ganze Büschel des ehemals so seidigen und weichen Fells herausgerissen worden. „Was ist denn geschehen Gordo?" „Nur eine Ohlksippe, kein Grund zur Beunruhigung", wickelte der Brack lässig ab. „Du siehst furchtbar aus mein ... Gordo." „Halb so schlimm Bora. Das wird alles wieder nachwachsen", die Augen des Brack blitzten auf, „es war ein herrlicher Kampf. Wir konnten uns ausleben." „Wir?", neugierig sah Bora ihr Gegenüber an. „Cchrom, ein Brack", erklärte Gordo, „ich habe ihn an der Grenze des Waldlandes getroffen. Er hat mich hierher begleitet und hält sich in der Nähe versteckt. Er ist den Kontakt mit den Menschen nicht gewöhnt."

Bora betrachtete den Brack, der ziemlich mitgenommen aussah, aber anscheinend den Ausflug trotzdem genossen hatte. Die weise Frau klopfte mit der flachen Hand einladend auf die Stelle neben ihr. Elegant ließ sich Gordo dort nieder. Zärtlich umarmte Bora den Brackkater. „Ich habe dich vermisst Gordo. Du hast mir sehr gefehlt." „Du selbst hast mich weggeschickt." „Ich weiß", seufzte Bora, „es ist eine schlimme Zeit. Große Entscheidungen stehen an ... und große Opfer. Hoffen wir auf bessere Zeiten."

„Soll ich dir berichten, was ich an der Grenze des Waldlandes gesehen habe." „Nein Gordo, das musst du nicht. Später vielleicht." Bora legte ihren Kopf auf die muskulöse Brust des Brackkaters und kraulte dessen zerrupftes Fell. „Lass mich eine Zeitlang einfach noch so bei dir sein. Mir kommt es vor, als wäre es jahrelang her, dass wir so zusammengelegen waren. " Gordo legte behutsam seine Tatzenhand um den Körper der Frau. Auch er genoss diese körperliche Nähe. Irgendwann würden sie beide sich entscheiden müssen, wie diese eigenartige Beziehung weiterverlaufen sollte.

„Es waren nur wenige Tage Bora." „Ja, ich weiß", antwortete die Frau, „doch die Zeit ist nicht greifbar und nur schwer messbar. Während für dich nur einige Tage vergangen sind, kann an einer anderen Stelle unseres Kosmos nur einen Wimpernschlag geschehen sein, oder vielleicht sogar einige Jahre. Wer weiß das schon?"

Ihre eigenen Worte klangen in Bora nach. Es fröstelte sie kurz. Hatte sie diese Worte nicht vor kurzem bereits einmal gehört? Bora seufzte, sie konnte sich einfach nicht mehr an die letzten Tage erinnern. Gehörte das zu dem Weg, den man zurücklegen musste, wenn man zur weißen Frau auserwählt war? Sie würde es wahrscheinlich niemals erfahren.

„Also Gordo, was hast du alles erlebt?" Der Brackkater sprach leise und schilderte seine Erlebnisse korrekt und exakt. Ausschmückungen oder Übertreibungen waren etwas das dem Brack fremd war. Bora nickte, sie seufzte schwer als Gordo seinen Bericht beendet hatte. „So etwas Ähnliches habe ich befürchtet." „Kannst du etwas dagegen tun Bora, immerhin bist du jetzt die weise Frau."

„Tut mir leid Gordo. Die weise Frau plant und lenkt", Bora schwieg eine Weile, dann flüsterte sie, „die Zukunft und das Wohl des Sandlandes", sie zögerte kurz, „und auch des Waldlandes hängt vom Allbewahrer ab. Unsere Aufgabe wird es sein eine wirklich gute Wahl zu treffen."

Erneut herrschte lange Zeit Schweigen. Gordo atmete ruhig und gleichmäßig, Bora kraulte zärtlich das Fell des Brack. Ihre Bewegungen kreisten über den Körper des Katers. Als er zu schnurren begann, hörte sie damit sofort auf. Es war jetzt nicht die Zeit, um sich gegenseitig zu befriedigen.

„Entschuldige Gordo, ich wollte dich nicht ...", Bora suchte nach den richtigen Worten. Gordo kam ihr zu Hilfe, als er leise knurrte, „es ist nicht der richtige Zeitpunkt." „Richtig ... leider", Bora seufzte musste dann aber auch kurz auflachen, „außerdem stinkst du furchtbar Gordo. Nach Schweiß, Blut, ...Olkh? Such dir bitte ein ruhiges Gewässer und wasch dich gründlich."

Eine Weile herrschte Schweigen in der Hütte. Dann knurrte Gordo, „kann ich noch eine Weile hier liegenbleiben Bora? Ich muss zugeben, dass ich etwas müde bin?" Er erhielt keine Antwort. Die ruhigen, gleichmäßigen Atemzüge der Frau verrieten dem Brack, dass Bora bereits eingeschlafen war. Gordo richtete sich etwas auf und betrachtete die Waldfrau die jetzt die weise Frau war. Sie hatte sich verändert, war jünger und stärker geworden. Der Brackkater fühlte sich zu der Frau hingezogen. Es würde schwierig werden.

Gordo gähnte, bevor er sich weitere Gedanken machte, sollte er erstmal etwas ruhen.

44

Dahn nickte zufrieden und wandte sich vom Bildschirm ab. Die Bilder, welche ihm übermittelt wurden zeigten, dass sich die Waldmenschen auf einem guten Weg befanden. Anscheinend besannen sie sich langsam von selbst wieder auf die Werte, die einzig wichtig für ein gutes Leben waren.

Den großen Rest musste dann der Allbewahrer erledigen. Bora war sehr bemüht, schon bald würde einer aus der Reihe der Bewerber gewählt werden. Anschließend würden die Menschen hoffentlich umdenken und zumindest eine Zeitlang im Einklang mit der Natur leben.

Falls nicht, nun dann würde es zwar noch einige Generationen dauern, aber irgendwann hätte sich die Zivilisation auf Pallus von selbst ausgelöscht.

Die Waldmenschen bemerkten gar nicht, was sie anrichten, und ihrer Umwelt antun, wenn sie sich immer weiter rücksichtslos ausbreiten. Das Menschen, egal auf welchem Planeten, fast immer

die gleichen Fehler machten blieb für Dahn eines der großen Rätsel. Trotz ihrer Intelligenz verschlossen sie meist die Augen für die
Folgen ihres Handelns. So viele lebten nur für sich und die eigene
Gegenwart. Die Lebensqualität der zukünftigen Generationen in-
teressierte sie nicht. Selbstsucht war ein großes Übel. Dahn erinnerte sich daran, wie er mit Meteoriteneinschlägen, sintflutartigen
Regenfällen, Erdbeben regulierend in evolutionäre Entwicklungen
eingreifen musste, um die Zukunft für die Lebewesen eines Planeten offen zu gestalten und nicht vorzeitig zu beenden. Manche, vor
allem Menschenarten gingen rigoros und sehr dumm vor, wenn sie
ihre eigene Umwelt unbewohnbar machten.

45

Sie befanden sich jetzt auf der fünften Ebene. Bora musterte die vor ihr sitzenden Männer. Die vergangenen Tage hatten ihre Spuren hinterlassen. Bei den Männern, aber auch bei ihr. Bora war trotz der neuen Kräfte, die sie erhalten hatte, erschöpft, doch sie musste noch einige Zeit durchhalten. Persönliche körperliche Beschwerden waren nicht wichtig. Es galt allein die Länder auf Pallus zu retten. Den Menschen, die dort wohnten, eine lebenswerte Zukunft zu ermöglichen.

Das waren also die übrig gebliebenen Bewerber für den Allbewahrer: Poldo ein Berg von einem Waldmensch aus dem Süden, Kranth ein stiller junger Mann aus Thalde. Bondho der stets etwas schläfrig wirkte, bei den gemeinsamen Gesprächen aber stets hellwach gewesen war. Und dann natürlich Lordi. Der Abgesandte der Andus hatte es tatsächlich bis zur fünften Ebene geschafft. Bora war, obwohl sich das für ihre jetzige Stellung nicht gehörte, stolz auf sich. Sie hatte schon früh gesehen, welches Potential in dem unscheinbaren jungen Mann schummerte. Auch wenn sie dafür angefeindet worden war. Sie lächelte Lordi kurz an, dann fiel ihr Blick nachdenklich auf den letzten der Ausgewählten. Poroh! Ein

Ausgestoßener! Eigentlich hätte er gar nicht hier sein sollen und teilnehmen dürfen. Doch er war einfach mit den Männern mitgegangen, als diese auf die erste Ebene geführt worden waren. Und dann war er geblieben und immer wieder gekommen - und nicht verschwunden wie so viele andere.

Zu Beginn hatte sich eine große Anzahl von Männern versammelt, um sich der Wahl zum Allbewahrer zu stellen. Erwartungsvoll hatten sie auf Bora gesehen. Diese hatte anschließend lange zu ihnen gesprochen. Sie musste den Männern klar machen, dass hier keinesfalls eine besondere Auszeichnung auf sie wartete. Es würde keine Wettkämpfe, kein Kräftemessen geben. Es würde nämlich auf keinen Fall der Stärkste unter ihnen gewinnen, ganz andere Voraussetzungen waren für die Wahl zum Allbewahrer nötig.

„Wir werden uns in den nächsten Tagen jeden Abend treffen. Täglich wird es eine Ebene am Berg Dahn nach oben gehen. Ich werde euch auf jeder dieser Ebene mitteilen, wie die Zukunft für den Allbewahrer aussehen wird. Ihr", Bora breitete ihre Hände aus, „die ihr hier versammelt seid könnt selbst entscheiden, ob ihr am nächsten Tag mit auf die nächste Ebene gehen wollt, oder eure Heimreise antreten wollt. Es ist allein eure Entscheidung. Niemand wird euch deshalb zur Rechenschaft ziehen. Auf der fünften Ebene ist es die Aufgabe der Verbliebenen aus ihrer Mitte den Allbewahrer zu wählen. Nicht wir werden dies machen", Bora zeigte auf die versammelten Seherinnen, „der Allbewahrer kommt aus euren Reihen, ihr müsst deshalb die Wahl selbst treffen."

Es herrschte eine Zeitlang Schweigen, dann forderte Bora die Männer auf sich zu setzen. „Auf jeder Ebene teile ich den Bewerbern mit, was den Allbewahrer erwarten wird und bedenkt dabei: Ich bin die weise Frau, aus meinem Mund kommen nur wahre Worte: Der Allbewahrer wird den Berg Dahn niemals mehr verlassen! Er wird niemals wieder zu seiner Familie, seinem Stamm, seiner Ansiedlung zurückkehren! Der Name des Allbewahrers wird geheim bleiben! Es wird keine ruhmreichen Geschichten über ihn geben. Der Allbewahrer wird keine liebevolle Verbindung mehr eingehen können! Er ist dazu viel zu müde. Er wird keinen Nachwuchs zeugen können! Der Allbewahrer wird hier am Berg Dahn sterben, ohne dass es im Waldland bekannt wird! In dem Augenblick, in dem einer aus eurer Mitte zum Allbewahrer gewählt wird, hat er keine Familie und keinen Stamm mehr. Er ist allein und bei seiner Aufgabe auch völlig auf sich allein gestellt. Die Aufgabe, die vor dem Allbewahrer liegen wird, benötigt einen Mann, der nur sich selbst verpflichtet ist und keinerlei Verpflichtungen und Verbindungen hat …"

Bora redete noch lange, bis spät in die Nacht hinein. Sie sah, dass einige der versammelten Männer immer unruhiger wurden. So hatten sich viele ihre Zukunft als Allbewahrer nicht vorgestellt. Schließlich beendete Bora ihre Ansprache auf der ersten Ebene: „Überlegt euch nun gut, ob ihr morgen zu euren Familien und Ansiedlungen zurückkehrt, oder den Weg zur zweiten Ebene antreten werdet."

Müde und erschöpft war Bora schließlich zur Hütte der weißen Frau zurückgekehrt und in die Arme von Gordo gesunken. „War es so schlimm?", behutsam streichelte der Brack ihr über ihren Kopf. „Immer wenn ich die Männer angesehen habe, wurde mir bewusst, dass ich einen von ihnen wahrscheinlich in den Tod schicken werde." „Das ist noch nicht sicher", Gordo hob Bora hoch und trug sie zu dem einfachen Lager. „Du musst jetzt schlafen … Geliebte … es liegt noch ein weiter und sehr beschwerlicher Weg vor dir", flüsterte er leise.

„Was hast du gerade gesagt?", Bora riss erstaunt ihre müden Augen auf, „habe ich richtig gehört, du hast mich …" „Schlaf jetzt Bora", unterbrach sie Gordo energisch. Es war ihm peinlich, dass Bora seine Worte gehört hatte, das hatte er nicht gewollt. Die weise Frau nickte, dann lächelte sie und öffnete kurz ihre schläfrigen Augen. „Danke Gordo."

Bereits am nächsten Abend hatte sich die Anzahl der versammelten Männer um mehr als die Hälfte reduziert. Aber es waren mehr anwesend, als Bora gerechnet hatte. Stolz erfüllte sie und doch wusste sie, dass sie Glück haben musste, damit am Ende noch genügend Bewerber übrigbleiben würden.

Erneut sprach sie zu den Männern. Noch deutlicher und drastischer schilderte sie, was den Allbewahrer erwarten würde: „Die Aufgabe, die vor ihm liegt, wird seinen Körper auszehren", einen Augenblick zögerte sie, dann sprach sie leise, aber eindringlich weiter, „glaubt mir, wenn der Erwählte nur einen Augenblick zögert, wird er bei lebendigem Leib verbrennen. Unglaubliche Schmerzen werden ihn quälen und …"

Borla schüttelte leicht ihren Kopf, um die Gedanken an die letzten Tage zu verscheuchen. Sie befanden sich jetzt schließlich endlich auf der fünften Ebene und die verbliebenen fünf Männer warteten auf ihre Worte. Fünf Männer, nur sehr wenige waren übriggeblieben, aber tatsächlich mehr als sie erwartet hatte. Sie nickte entschlossen und lächelte Poldo, Kranth, Bondho, Lordi und Poroh an: „Die letzten Tage habe ich euch die Schrecken geschildert, die euch erwarten. Heute nun möchte ich euch verkünden was geschehen wird, wenn der Allbewahrer erfolgreich sein wird. Kommt bitte näher und setzt euch zu mir."

46

Bora und ihre Vorgängerin schritten langsam durch den Hain der weißen Frau. Die beiden Seherinnen betrachteten dabei die zarten Windblumen, die sich sacht hin und her bewegten. Es war ein friedlicher Anblick, aber auch ein sehr trügerisches Bild wie Bora wusste. Die Situation auf Pallus wurde täglich bedrohlicher. Es musste dringend etwas geschehen, damit die Menschheit auf diesem Planeten eine Zukunft hatte. „Und dass sie erneut eine Chance bekam", flüsterte eine Stimme in Boras Gehirn, war aber kaum, dass sie von ihr wahrgenommen worden war, bereits wieder verweht.

Bora hatte die Männer allein gelassen. Es war nun an der Zeit, dass sie aus ihrer Mitte den Allbewahrer wählen mussten. Diesem stand es frei einen Beistand zu bestimmen, der ihn auf seinem Weg zur nächsten Ebene begleiten würde.

„Glaubst du sie werden eine gute Wahl treffen Bora?" Die weise Frau zögerte nur kurz, „natürlich. Wahrscheinlich sind die Verbliebenen alle dafür geeignet. Trotzdem gilt es klug und vernünftig zu wählen. Unser aller Wohl hängt schließlich davon ab. Wenn der

Allbewahrer nicht …" Bora presste ihre Lippen aufeinander, sie wollte nicht daran glauben, dass der Allbewahrer versagen könnte.

„Wer glaubst du das es sein wird?", die Stimme der alten Seherin war sehr leise. Bora lächelte, beantwortete die Frage nicht. Sie hatte einen Favoriten, würde ihn aber nicht nennen.

47

Bora betrachtete die beiden Männer. Das waren also der Allbe-wahrer, auf den eine furchtbare Aufgabe zukam und sein Beglei-ter. Keine Miene verriet den Männern, ob die weise Frau mit dieser Wahl gerechnet hatte, oder ob sie überrascht war.

„Kommt jetzt, wir steigen zur letzten Ebene hoch. Es bleibt uns nicht mehr viel Zeit." Bora ging voran und stieg den steinigen Pfad hoch. Aus dem Schatten einiger Sträucher tauchte plötzlich ein ausgewachsener Brackkater hervor und gesellte sich wie von selbst an die Seite der weißen Frau. Diese zuckte mit keiner Geste. Die beiden Männer die Bora folgten versuchten wegen die-ser überraschenden Begegnung ihre Gefühle unter Kontrolle zu halten. Brackkatzen waren überragende Kämpfer. Ein Wald-mensch hatte nicht den Hauch einer Chance gegen sie. Aber sie hatten auch einen Ehrenkodex, der sie zwang niemals einen kör-perlich schwächeren Gegner anzugreifen. Es hätte einer sehr gro-ßen Anzahl an Waldmännern benötigt, bis ein halbwegs fairer Kampf hätte stattfinden können. Was aber noch wichtiger war: Brackkatzen griffen die Waldmenschen nicht an. Das war noch niemals geschehen.

Der Aufstieg gestaltete sich mühsam. Erschöpft erreichten die drei Waldmenschen schließlich ein Hochplateau, dass obwohl es nicht am Gipfel des Berges lag, einen Rundblick über das unter dem Berg liegende Tal erlaubte.

„Seht her", Bora zeigte auf die ausgedehnte Waldlandschaft, „fällt euch die unterschiedliche Grünfärbung auf? Das tiefdunkle gesunde Grün stellt die Grenzen des Waldlandes vor, bevor das ungezügelte Wachstum begann. Der hellgrüne Teil des Waldlandes ist in krankhaft kurzer Zeit hinzugekommen. Dieser Teil des Waldlandes hat sich zu einem Geschwür auf dem Planeten Pallus entwickelt. Es verdrängt die Landschaften und Menschen, die sich ihm in den Weg stellen. Aber es kann nicht gewinnen, der Wald benötigt schließlich Wasser. Auf Pallus war einst genau festgelegt worden, wem wieviel Wasser zusteht, um ein friedliches Nebeneinander zu ermöglichen. Das Waldland benötigt bereits jetzt viel mehr Wasser als vorhanden ist. Es wird sich deshalb am Ende selbst vernichten. Bereits vor Äonen von Jahren haben die Erbauer des Planeten Pallus", Bora zögerte kurz, in ihrem Gehirn war kurz der Begriff der Oberen aufgetaucht. Sie hatte den Gedanken aber nicht weiterverfolgen können. Nach einem kurzen Räuspern sprach sie schließlich weiter, „dafür gesorgt, dass dem krankhaften Wuchs des Waldlandes Einhalt geboten werden kann. Denn: Alles, was geschehen ist wiederholt sich. Wir befinden uns in einem Kreislauf. Einem Mann aus dem Waldvolk wird für kurze Zeit die Macht gegeben, auf dem Planeten Pallus die natürliche Ordnung wieder herzustellen. Deshalb nennen wir diesen Mann auch Allbewahrer. Seht dort hinüber: An diesem Stein bündeln sich die Strahlen unserer beiden Sonnen. Rham und Tham verfügen gemeinsam über eine unglaubliche Kraft. Ihr seht, dass der Boden unter dem Stein schwarz und glänzend ist. Die Kraft der beiden Sonnen hat ihn verbrannt. Demjenigen Mann, der den Mut aufbringt auf diesem Stein zu stehen und sich den Strahlen von Rham und Tham aussetzt, wird für einen sehr kurzen Zeitraum die Macht gegeben die gebündelte Kraft der Sonnenstrahlen dafür zu nutzen die natürliche Ordnung wieder herzustellen. Aber", Bora blickte die beiden Männer ernst an, „der Mann darf nicht einmal den Bruchteil eines Augenblicks zögern, er muss hoch konzentriert sein und darf diese unglaubliche Macht und Kraft die man ihm für kurze Zeit gibt, nur zum Wohl des Landes einsetzen. Sobald er auch nur für den Bruchteil eines ...", Bora schnalzte mit ihrem Daumen und Zeigefinger, „an seinen eigenen Vorteil, sein Glück, seine Gesundheit, sein Wohl denkt, wird er verbrennen." Nach kurzem Zögern fügte

Bora hinzu, „und in der Folge wird sich das Waldland, das Sandland … ganz Pallus in wenigen Generationen selbst zerstören. Übrigbleiben wird ein unbewohnbarer Planet, ohne jegliche menschliche Zivilisation. Es bleibt uns nicht mehr viel Zeit, seid ihr bereit?" Die beiden Männer nickten. „Gut", Bora deutete auf den verbrannten Stein, „der Allbewahrer steht hier, sein Begleiter stellt sich hinter ihn, darf ihn aber nur berühren, wenn sein Eingreifen unbedingt erforderlich wird. Auch er kann getötet werden."

Die beiden Männer nickten abermals und gingen auf die angegebene Stelle zu. Poroh stellte sich auf den verbrannten Stein und Lordi hinter ihn. Bora war verblüfft, ließ sich dies aber nicht anmerken. Sie war davon ausgegangen, dass Lordi der Allbewahrer sein würde. Aber sie akzeptierte die Wahl der Männer. Sie trat vor Poroh hin und sah ihn ernst an, „für dein großes Opfer steht dir ein Wunsch an die weise Frau zu. Willst du ihn mir jetzt nennen?"

Der große Mann beugte sich hinunter und flüsterte Bora ein paar Worte zu. „So sei es", die weise Frau wandte sich ab und gab Gordo einen Wink mit ihr in einer kleinen Senke Platz zu nehmen.

48

Poroh war sehr angespannt. Er hatte keinerlei Ahnung was ihm bevorstand. Zwar hatte die weise Frau in den letzten Tagen lange Zeit auf sie eingeredet und auch heute wieder versucht zu erklären, was von dem Allbewahrer erwartet wurde. Aber, letztendlich wusste er es nicht. Oder, er hatte zumindest keinerlei Vorstellung von dem, was geschehen würde.

Nachdenklich blickte er auf das vor ihm liegende Waldland. Selbstverständlich hatte auch er die Veränderungen, die sich in den letzten Jahren vollzogen hatten, bemerkt. Da er aber zu den Ausgestoßenen gehörte, waren ihm die Auswirkungen nicht so groß vorgekommen. Aber er wusste sehr genau, welch großen Schatz reines und klares Wasser darstellte. Seine Familie und Leidensgenossen hatten schließlich täglich um ihr Überleben gekämpft.

Als Poroh seine Augen kurz auf den Boden richtete, sah er wie sich die Strahlen der beiden Sonnen tief in den Felsboden einbrannten. Zischend wanderten sie langsam, aber zielgerichtet auf seinen Standplatz zu. So wie es aussah würden sie sich dort vereinigen und ihn ... verbrennen. Nein, Poroh schüttelte seinen Kopf. Er musste sich mehr konzentrieren. Als Allbewahrer konnte er ...rasch verbesserte er sich: musste er die Kraft der beiden Sonnen zum Wohl des Waldlandes einsetzen. Aber wie sollte er dies machen? Abermals blickte Poroh auf das vor ihm liegende Waldland: Den dunkelgrünen alten Bestand und den ausgedehnten hellgrünen, triebhaften, kranken Wildwuchs. Er nickte still, blickte nochmals kurz auf die sich nähernden Strahlen, die bereits kurz vor seinen Füßen angelangt waren. Entschlossen ballte er beide Fäuste: Er würde jetzt keine Angst haben! Niemand sollte sagen, dass ein Ausgestoßener kein Allbewahrer sein konnte. Er würde es schaffen! Auch Ausgestoßene waren zu großen Taten fähig!

Poroh richtete sich gerade auf und wartete. Die Sonnenstrahlen vereinigten sich vor ihm und umhüllten dann gemeinsam seinen ganzen Körper. Eine unglaubliche Macht ergriff von ihm Besitz. Diese schier unermessliche Kraft verlangte nach einer Aufgabe, er musste sie einsetzen, schnell wieder loswerden, sonst würden sie ihn bei lebendigem Leib verbrennen. Starr und aufs Höchste konzentriert blickte er auf das vor ihm liegende Land hinaus. Plötzlich entstand wie aus dem Nichts ein unglaublich riesiger Feuerstrahl, der sich gegen sämtliche Bäume und Sträucher richtete, die sich außerhalb der alten Waldlandgrenzen wuchsen. Mit unglaublicher Wucht fegte das Feuer über den neu gewachsenen Wald. Jegliches pflanzliche Leben wurde dort in unglaublich kurzer Zeit verbrannt. Ein Ring aus Feuer umgab das Waldland. Alles, was außerhalb der ursprünglichen Grenzen lag, wurde ein Opfer der Flammen. Riesige Rauch- und Staubwolken verdunkelten den Himmel. Durch die große Hitze entstanden in Folge in Sekundenbruchteilen gewaltige Gewitter, die außerhalb des Waldlandes abregneten. Gierig sogen die unterirdischen Grundwasserseen und Kavernen der Menschen das lang ersehnte Nass in sich auf. Dort wo sich die Natur wieder beruhigte, war vom Wildwuchs des Waldlandes nichts mehr zu sehen. Es breitete sich wieder eine Wüste aus. Noch war diese verkohlt und verbrannt, doch bald würde sie wieder ihre ursprüngliche Gestalt bekommen. Eine Wüste würde entstehen deren Einwohner wenig, aber genügend Wasser hatten, um dieses gerecht verteilen zu können.

„Ah!", ein lauter erschöpfter langsam erstickender Schrei entfuhr Poroh, dann fiel sein Körper erschöpft in sich zusammen. Lordi fing den schwachen, in wenigen Minuten völlig ausgemergelten Allbewahrer auf und trug ihn zu Bora hinüber.

Die weise Frau betrachtete den Mann, der in kurzer Zeit um Jahre gealtert war. Dank Lordis schnellem Eingreifen hatte Poroh zum Glück kaum Brandwunden erlitten. Aber innerlich war dieser Mann für alle Zeiten ausgebrannt. Er würde für immer erschöpft sein und die ihm verbliebenen Kräfte für seine restliche Lebenszeit gut einteilen müssen.

Bora sah hoch und suchte Gordo, der am Rand der fünften Ebene stand und weit in das Land hinaussah. Als der Brack sich umwandte und ihren besorgten Blick sah, hob er besänftigend seine Tatzenhände. „Der Allbewahrer hat getan, was man von ihm erwartet hatte. Es ist geschehen was vorausgesagt wurde: Das Waldland und das Sandland sind wieder an ihren ursprünglichen Platz zurückgekehrt. Große dunkle Wolkendecken sammeln sich bereits über dem Berg. In Kürze wird es dort wieder mehr Regen geben. Pallus scheint gerettet. Dieser Mann", er blickte auf Poroh, „hat für wahr Großes geleistet."

49

Dahn nickte zufrieden. Jetzt hatte er wieder Zeit sich anderen Aufgaben zuzuwenden. Er war zwar immer gern auf Pallus. Es war hier so friedlich und still ... zumeist wenigsten. Aber er hatte sich noch um andere Planeten zu kümmern.

Die Menschen auf Pallus hatten die Krise selbst gelöst, und zwar ohne Krieg, ohne großes sinnloses Blutvergießen und ohne endlose Streitereien aber auch nur aus dem Grund, weil ein Mann unter ihnen war, der verstanden hatte, dass es manchmal notwendig war, sich als Einzelner zu opfern, um einen ganzen Planeten zu retten und nicht umgekehrt einen Planeten zu zerstören, damit einige wenige Menschen ein gutes Leben führen konnten.

Dahn seufzte, sein nächstes Ziel war ein Planet, auf dem er bereits mehrmals gewesen war. Die Oberen Mächte hatten viele Planeten auf denen sie mit den dortigen Lebewesen ... experimentierten. Dahn zögerte, durfte man die dort ablaufenden evolutionären Vorgänge so nennen ... ja die Bezeichnung war wohl zutreffend.

Mit den echsenähnlichen Wesen hatte man keine guten Erfahrungen gemacht und diese deshalb wieder aussterben lassen. Zwischen den einzelnen Individuen hatte es damals kaum familiäre Bindungen gegeben. Es bildeten sich keine Völker heraus, höchstens kleine familiäre Gruppen, meistens blieben die Individuen zeitlebens Einzelwesen. Eine geistige Weiterentwicklung fand überhaupt nicht statt. Es kam deshalb, obwohl man ihnen wirklich eine sehr lange Zeit der Entwicklung gewährt hatte, nicht zu den erwarteten evolutionären Schritten.

Die Versuche mit den Insekten waren dagegen zunächst vielversprechend gewesen. Der Zusammenhalt innerhalb der Familien war enorm. Allerdings war auch jegliche individuelle Entwicklung unterdrückt gewesen. Es zählte nur die Gesamtheit.

Am erfolgversprechendsten verliefen tatsächlich die aktuellen Testreihen mit den Hominiden. Obwohl auch hier immer wieder große Enttäuschungen und Verluste entstanden. Aber es waren auf jeden Fall die interessantesten Lebewesen mit denen Dahn zu tun hatte. Diese Menschen, so nannten sich die meisten, handelten oft sehr irrational und unverständlich. Da opferten sich Tausende von ihnen wegen eines wirren Plans, sie vergeudeten völlig sinnlos Wasser und andere lebensnotwendige Ressourcen, die man ihnen zur Verfügung gestellt hatte, vermehrten sich planlos, wählten dumme völlig unkompetente Sprecher, handelten immer wieder völlig abstrus ... so glaubten sie tatsächlich, dass von verschmutztem oder verunreinigtem Material keinerlei Gefahr mehr ausging, wenn man es verscharrte. Offenbar waren sie der Ansicht, was man nicht mehr sah, stellte keine Gefahr dar. Einen Vorteil hatte die Arbeit mit den Hominiden allerdings, es gab Optionen wie man regulierend in die Entwicklung eingreifen konnte. In der Vergangenheit hatte Dahn oft Religionen gestiftet. Mit den entsprechenden Lehren konnte man die Entwicklung der Menschen wieder zielführend ausrichten. Leider hatten diese aber oft die falschen Schlüsse aus den Lehren gezogen, oder Interpretationen gefunden, die den ursprünglichen Plänen völlig zuwiderliefen. Manchmal waren Gebote von den Menschen unnötig verschärft und andersgläubigen Mitmenschen mit Gewalt aufgedrängt worden.

Dahn betrachtete nachdenklich das Sonnensystem, dem er sich näherte. Merkur. Erfinderisch was die Namen der Himmelskörper anging waren die Menschen in diesem System, das musste er anerkennen. Aber wenn sie nicht bald umkehrten, und die Natur respektierten, würde er ihrem derzeitigen Aufenthaltsplaneten eine Erholungsphase geben müssen. Die ersten Menschen in diesem System waren auf dem Mars angesiedelt worden. Wieder so ein eigenartiger Name, einen Planeten ausgerechnet nach einem Kriegsgott zu benennen? Die damaligen Marsbewohner hatten sich im Grunde genauso verhalten wie ihre fernen Nachfahren jetzt auf der Erde. Wenigstens dieser Name hatte etwas sinngebendes an sich.

Irgendwann hatten Dahns Vorgänger beschlossen, dem Planeten Mars die Atmosphäre zu entziehen. Die damalige Ansiedlung von intelligentem Leben wurde als gescheitert angesehen. Heute befand sich der Planet fast wieder in seinem Urzustand. Nichts mehr deutete auf die frühere Zivilisation hin.

Dahns Blick fiel auf den Planeten Erde. Er seufzte, nun einmal konnte er es ja noch versuchen. Dahn hatte keine Ahnung warum auf diesem Planeten immer wieder alles so schrecklich aus dem Plan lief. Er hoffte nur, dass es die Menschen nicht übertrieben. Auch die Geduld der Oberen Mächte würde einmal ein Ende haben.

Bevor sich Dahn auf seine nächste Aufgabe konzentrierte, nahm er sich vor bei seiner Rückkehr nach Pallus die neuesten Aufzeichnungen in den Buhlbaumrollen anzuhören. Natürlich kannte er die tatsächlichen Begebenheiten genau, aber für ihn war von Interesse, was die Waldfrauen über das Geschehen dachten.

Faszinierend war, dass sich auf den Buhlbaumrollen so viele Informationen speichern und vor allem nach langer Zeit wieder fehlerfrei wiedergeben ließen. Auf Welten welche technische Evolutionssprünge gemacht hatten stellten sich oft Probleme mit der Haltbarkeit der Datenträger ein. Dabei verwendet die Natur bereits ein uraltes Speichermedium das sich als unglaublich robust erwiesen hat. Die DNA.[16]

Die Seherinnen verwenden, die von ihnen von Dahn gegebene Möglichkeit der Aufzeichnung mittels der Buhlbäume ohne das geringste Wissen über das, wie die Speicherung funktionierte. Aber das machen auch die Menschen auf Welten mit hochentwickelter Technik.

---

[16] Desoxyribonukleinsäure (trägt die Erbinformation von Lebewesen)

Auf Pallus würde es keine Technik geben. Ein junger und auffallend kluger Bewahrer hatte einmal einen armdicken Ast einer Krohnbuche so gebogen, dass sich die beiden Enden berührten und diese dann anschließend zusammengebunden. Stolz hatte er seiner Seherin gezeigt, was er getan hatte. „Sieh es rollt von allein. Wenn ich mehrere von ihnen anfertige und darauf ein breites Brett lege, hätten wir ein Hilfsmittel, dass uns das Tragen ..."

„Nein", unterbrach ihn die Seherin sofort scharf, „ich erkenne an, dass du dir Gedanken machst, wie du deiner Sippe die Arbeit erleichterst. Aber wir Waldmenschen benötigen keine solche Hilfsmittel. Wir können selbst Laufen, Springen, Klettern und Tragen. Vor langer Zeit hat die Gilde beschlossen, dass wir auf solche Art Hilfsmittel verzichten werden. Die Natur hat uns ausreichend für das Leben im Wald ausgestattet. Leg deinen Ast wieder zurück und kümmere dich um deine ureigensten Aufgaben als Bewahrer. Schütze die Natur!"

Neubeginn

50

Tränen liefen über Trochhs Gesicht. Seit zwei Tagen sprudelte das Wasser der Quelle zunehmend stärker. Bald würde es seine ursprüngliche Menge erreicht haben. Auch der ursprüngliche Lebensbereich der Sippe war wieder da. Der Wald hatte sich zurückgezogen. Die riesigen verbrannten Flächen wandelten sich zurück zur Wüste.

Trochhs war jetzt Quellmeister und seine Aufgabe war eine der schönsten im ganzen Sandland. Es gab genügend Wasser, dass er verteilen konnte. Trochh konnte das Wasser so einteilen, dass für jeden genügend blieb. Mehr wollten die Sandmenschen nicht. Wasser im Überfluss würden sie nie haben und wollten es auch nicht. Warum auch?

Trochh hatte wie jeder Quellmeister vor ihm über der Heiligen Quelle einen Spruch anbringen lassen. Er hatte eindringliche Worte seiner Mutter gewählt. Diese hatte ihm von klein an immer wieder ermahnt: „Es gibt keinen Sinn mehr zu trinken, als dein Körper unbedingt benötigt. Denk an deine Mitmenschen. Auch sie haben Durst."

51

Klora, Lordi und Kraith kehrten wieder zu ihrer Sippe zurück. Die Erlebnisse ihrer langen Reise und auf dem Berg Dahn hatten sie alle verändert, erwachsener und reifer werden lassen. Vor allem Lordi und Kraith berichteten bei den abendlichen Zusammenkünften um das Feuer von ihren gemeinsamen Abenteuern. Klora hielt sich dabei zurück, musste aber innerlich schmunzeln, als sie feststellte, dass die beiden Männer die Erlebnisse immer mehr ausschmückten. Der Olkh war immer größer und hässlicher geworden. Die Kämpfe mit den urtümlichen Waldmenschen waren schwer gewesen und hatten fast einen Tag gedauert. Wahrscheinlich war es so, dass Männer von Natur aus zu Übertreibungen neigten.

Kraith war insgesamt ruhiger und nachdenklicher geworden, er war nicht mehr der wilde ungestüme junge Mann. Er hatte gelernt sich zu zügeln und vor allem hatte er nun großen Respekt vor Klora. Kraith achtete sie als die neue Seherin der Andus und kannte ihre Führungsrolle bedingungslos an.

Lordi würde auf Wunsch von Bora irgendwann der Nachfolger von Marlik werden. Er musste deshalb ab sofort viele Sonnenumläufe den Bewahrer bei seinen vielfältigen Aufgaben begleiten und lernen.

Klora war die neue Seherin der Andus. Bereits auf ihrer Rückreise vom Berg Dahn spürte sie wie unter ihrem Herzen neues Leben heranwuchs. Klora hatte die letzte Nacht vor Porohs Aufstieg auf die Hochebene des Berges Dahn mit ihm verbracht. Klora lächelte, wenn sie sacht über ihren Bauch strich. In ihr wuchs tatsächlich das Kind eines Allbewahrers heran. Doch dieses Kind würde niemals erfahren, wer sein Vater gewesen war, wie mutig, wie aufopferungsvoll dieser für die Rettung der Länder eingetreten war. Es ist besser so, hatte die weise Frau entschieden. Bora hatte gelächelt, als Klora ihr anvertraute, dass sie ein Kind erwartete. „Weißt du, diese Nacht die du mit Poroh verbracht hast, war die letzte Möglichkeit, die dieser Mann hatte, ein Kind zu zeugen. Der Allbewahrer ist nach seiner heroischen Tat dazu viel zu schwach. Die Funktionen seines Körpers die er für die Erschaffung neuen Lebens benötigen würde sind zerstört. Poroh hat sehr große Opfer gebracht. Lassen wir ihm seine verbleibenden Tage ruhig und friedlich verbringen."

52

Poroh war in der Tat schmal und gebrechlich geworden. Er war nur noch ein Schatten des ehemaligen kraftstrotzendem Mannes und wirkte gebrechlich. Betreut wurde er von den lernenden Schwestern der weisen Frau. Diese brachten ihm sein Essen und versorgten seine kleine Hütte.

Der Allbewahrer war trotz seiner körperlichen Einschränkungen aber sehr zufrieden mit sich selbst. Er war ein Ausgestoßener gewesen und hatte bewiesen, dass auch solche Menschen zu großen Taten imstande waren.

Vor allem war Poroh glücklich und dankbar, dass Bora seinem Wunsch entsprochen und das Dorf der Aussätzigen, sein Dorf, wieder in die Gemeinschaft der Waldmenschen aufgenommen hatte. Sein Einsatz hatte sich damit gelohnt.

53

Gordo war mit Cchrom viel im Waldland und an seinen Grenzen unterwegs und berichtete Bora von dem, was er sah. Die weise Frau lenkte sehr weise die Geschicke des Waldlandes. In der Zwischenzeit hatte sich die Natur fast wieder komplett erholt. Olkhs und andere urtümliche Tiere hatten sich wieder in ihre versteckt liegenden Reviere zurückgezogen. Klora berichtete Bora von den ersten Geburten bei den Andus. Und sogar die Feldfrüchte hatten ihre früheren Größen wieder erreicht.

Gordo verbrachte mit Bora nicht nur die Tage, sondern auch die Nächte. „Hast du jemals daran gedacht, dass zwei so unterschiedliche Wesen wie wir so eng beieinanderliegen können?" Die vielen Worte fielen dem Brackkater schwer."

„Nein", antwortete Bora nach einer Weile des Nachdenkens. „Ich weiß auch nicht, wohin uns beide die Zukunft führen wird. Vielleicht sind wir zwei nur eine Ausnahme. Oder es ist ein weiterer Weg der Waldvölker. Ich werde für alle Fälle eine Buhlbaumrolle anfertigen lassen. Von den Geschehnissen der letzten Tage ... und auch über

uns zwei. Der ... der Liebe zwischen zwei unterschiedlichen Lebewesen.“

Die Buhlbaumrollen[17]

Die erste Botschaft

Der Urbaum

Die Gamschkriecher

Die Abenteuer von Harth

Der Untergang des Krahnvolkes

Die große Feuersbrunst von Jorcha

Der versiegende Brunnen

Gordo und Bora

---

[17] Natürlich handelt es sich hier nur um einige wenige ausgewählte Rollen

Die erste Botschaft

Das genaue Zeitalter ist nicht mehr bekannt seid von der ersten Seherin das hohle Holz der Erstwurzel eines Buhlbaumes dafür genutzt wurde, um der Nachwelt eine Botschaft zu hinterlassen. Es ist nur noch der Name dieser Seherin bekannt: Klandha.

Klandha hat während ihres langen Lebens im Auftrag der Gilde viele Aufzeichnungen aus der ersten Zeit verfasst. Ihr Name ist bei den Seherinnen auch deshalb noch bekannt, weil sie die Buhlrolle über den ersten Buhlbaum besprochen hat. Diese Rolle wird noch oft angehört.

In der Zwischenzeit liegen ungezählte Aufzeichnungen im Archiv der Gilde. Generationen von Seherinnen haben Geschichten für die Nachwelt hinterlassen. Berichte und Erzählungen über das, was ihnen während ihrer Lebenszeit wichtig erschienen war.

Man muss dabei auch wissen, dass Buhlbäume extrem langsam wachsen und viele Generationen von Waldmenschen kommen und gehen sehen. Erst wenn ein Buhlbaum abstirbt fließt die von ihm gespeicherte Lebensenergie in die Erstwurzel. Diese ist hohl und speichert das von den Seherinnen eingeflüsterte Wort.

Bis die ersten Buhlbaumrollen entstanden, gingen allerdings sehr viele Jahre über das Waldland. Schließlich musste auch abgewartet werden, bis der erste Buhlbaum wieder abstarb und seine Erstwurzel für die Aufzeichnung benutzt werden konnte.

Die Aufzeichnungen, die aus der frühesten Zeit des Waldlandes stammen sind deshalb mündliche Überlieferungen, die über viele Generationen hinweg weitergegeben wurden. Bis die Aufzeichnung erfolgte sind manche Geschichten natürlich gewachsen. Die Fantasie der Waldmenschen haben manche Details entscheidend verändert.

Leider kommt es auch immer wieder vor, dass eine Rolle Lücken aufweist. Diese sind mit ~~~ gekennzeichnet. Auch wenn die Buhlbaumrollen sehr widerstandsfähig sind, darf man nicht vergessen, dass sie letztlich aus einem gewachsenen Material bestehen und damit wie alles natürliche endlich sind.

Auch die größten Berge werden eines Tages nur noch Staub sein.[18]

---

[18] Brohnda
Einstige Seherin der Andus und lange Jahre weise Frau vom Berg

Der Urbaum

Schwestern mein Name ist Klandha.

Ich war die Seherin des Hahmvolkes. Nach dem ich eine Nachfolgerin in die Geheimnisse der Gilde eingeweiht hatte, ihr viele Jahre lang die Aufgaben einer Seherin vermittelt habe und meine Wahl vor der Gilde gutgeheißen wurde, hat mir die weise Frau vom Berg Dahn einige der ersten leeren Buhlbaumrollen überreicht.

Die Gilde hat mich dazu erwählt, die alten Sagen und mündlichen Weitergaben der Seherinnen aufzusprechen.

~~~ die Zeiten sind gekommen, in denen wir damit beginnen die alten Sagen und mündlichen Überlieferungen der uns vorangegangenen Seherinnen aufzuzeichnen.

~~~ der erste Buhlbaum ist abgestorben. Es war der Urbaum aus dem alle Buhlbäume, die in der Zwischenzeit weit verteilt über das gesamte Waldland stehen hervorgegangen sind. Ein Geschenk aus grauer Vorzeit ~~~

Nach dem die weise Frau vom Berg den Tod des Baumes festgestellt hatte, haben wir, wie es uns überliefert wurde, vorsichtig die Erstwurzel ausgegraben und begonnen in den ~~~ die Geschichte des Waldvolkes festzuhalten.

Der erste Buhlbaum hat viele Generationen von Waldmenschen kommen und gehen sehen. Er hat der Gilde der Seherinnen Kraft und Trost gespendet. Mit dem Extrakt seiner jungen Triebe gelang es uns erstmals Körper und Geist zu trennen. Wir entdeckten die Möglichkeiten der Gedankenwege.

Eine der ersten Buhlbaumrolle in der Reihe der unzähligen Aufzeichnungen muss deshalb von dem Geschenk des Urbaum berichten, denn damit kam auch das Bewusstsein für ein vernunftbegabtes Wesen zu den Waldmenschen.

~~~ Es gab noch keinen Wald. Das Land war wild und suchte brodelnd nach seiner Form. Viele Lebewesen waren wild und ungezügelt. Es tobte ein täglicher Kampf ums Überleben und um den Erhalt der eigenen Art. Es fehlte den Waldmenschen damals alles,

was sie heute ausmacht. Sie waren dumm und ~~~, opferten Tier-göttern und töteten sich wegen Nichtigkeiten gegenseitig. Es war eine primitive und abscheuliche Zeit.

Archaische, brutale und primitive Riten beherrschten das tägliche Leben. So versammelten sich die Frauen zweimal im Jahr zur Wende der Sonnen und Monde auf einem freien Feld und dankten mit rhythmischen, primitiven Tänzen den Naturgottheiten. Es wurde dabei sehr viel Wasser von vergorenen Kroohpussnüssen getrunken. Wenn die Frauen von den Tänzen zurückkamen, wur-den sie von den Männern erwartet, um das Fest der Vereinigung zu begehen. Ein Symbol für den ewigen Kreislauf der Natur.

In dieser Nacht, von der ich berichten werde, geschah allerdings etwas Seltsames. Bereits im Vorfeld hatten sich ~~~ schwierig da-mit umzugehen für alle. Niemand ~~~

~~~ es war zu der Zeit als unsere Monde sich umtanzten, als plötz-lich ein dritter Mond zu sehen war. Er war hell und brannte, wurde immer größer und stürzte schließlich auf die Erde nieder. Die Frauen vielen voller Bestürzung auf den Boden und blickten voller

Angst und Ehrfurcht auf die leuchtende Kugel, die in einiger Entfernung von ihnen schwebte. Die Bäume und Pflanzen, die in der Nähe standen, waren von Flammenblitzen getroffen worden und waren in Flammen aufgegangen.

Lange Zeit geschah nichts, dann kam aus der brennenden Kugel ein großes Lichtwesen auf die Frauen zu. Das Wesen leuchtete von innen heraus, als würde es brennen. In seinen zusammengefalteten Händen trug es ehrfürchtig eine Pflanze vor sich her.

„Steht auf", forderte das Wesen die am Boden liegenden Frauen mit donnernder Stimme auf. „Es wird euch nichts geschehen!" Zögernd kamen die Frauen dieser Aufforderung nach. Als sie alle um ihn herumstanden, lächelte der Fremde gütig. „Gut", er nickte mit seinem Kopf, dann blickte er zum Himmel und sprach mit lauter weit hallender Stimme; „Das ist der von uns ausgewählte Zeitraum für einen Neuanfang auf dieser Welt. Lange Zeit haben wir euch beobachtet und keine Schritte für eine Entwicklung hinsichtlich Moral, Ethik oder Vernunft feststellen können. Zur Wahl standen deshalb Vernichtung oder Neubeginn?"

~~~ es herrschte lange Zeit Stille, dann lächelte der leuchtende Fremde beruhigend, „habt keine Furcht: Wir haben uns entschlossen auf Pallus nochmal zu beginnen. Wer ist eure Anführerin?"

Eine Waldfrau trat ängstlich vor, „ich bin zurzeit die Älteste im Rat der Frauen", antwortete sie mit zittriger Stimme, „man nennt mich Hidla."

„Gut Hidla, dann höre mir jetzt gut zu", der Fremde richtete sich zu voller Größe auf. Es war eine imposante Gestalt. Er war viel größer als die Männer, welche die Frauen bisher kennengelernt hatten.

„Es wird ein Wald entstehen. Ein riesiges Land bestehend aus Sträuchern und Bäumen. Einer Unzahl von Bäumen. Ein Meer von Bäumen. Dieses Waldland wird euch zur Leihgabe übergeben. Solange ihr im Einklang mit ihm lebt, werden die ~~~

~~~ hier", er übergab Hidla die Pflanze, die er ihn Händen hielt. „Das ist ein Ableger eines Buhlbaums. Ein sehr kostbares Geschenk. Er ~~~ die Erstwurzel ~~~"

Der leuchtende Fremde befahl den Frauen sich schließlich im Kreis, um ihn niederzulassen. Als dies geschehen war begann er bis zum Morgengrauen zu ihnen zu sprechen. Es waren deutliche und wahre Worte, die durch die Nacht hallten. Voller Klarheit und Reinheit und mit genauen Angaben, welche Aufgaben ~~~

Leider konnte nicht alles überliefert werden, was gesprochen wurde. Vieles verschwand, oder konnte nur bruchstückhaft über die Zeit gerettet werden. Aber seit dieser Nacht war alles anders. Als die Frauen zu ihren Männern zurückkamen, verweigerten sie das Ritual der Vereinigung und berichteten stattdessen was geschehen war.

~~~ als die Menschen schließlich erschöpft in einen langen Schlaf fielen geschahen seltsame Dinge auf dem Planeten Pallus.

Die Länder wurden geteilt. Ein Land der Wüste war entstanden, ein Land der Wiesen und Felder und ein Land des Waldes. Die Gewässer wurden geteilt ~~~ kein Volk sollte benachteiligt werden, deshalb ~~~ reines Wasser war das wertvollste ~~~

~~~ als die Menschen erwachten, sahen sie sich vom dichten Wald umgeben. Es war eingetreten, was die Lichtgestalt vorhergesagt hatte. Sie waren von nun an Waldmenschen. Hidla verschwand im Wald und vergrub den ersten Buhlbaum an einem geheimen Ort. Nichts sollte sein Wachstum einschränken. Anschließend gründete sie mit anderen Frauen die Gilde.

Hidla ist nun schon lange verstorben. Viele Generationen von Seherinnen haben im Waldland dafür gesorgt, dass es gerecht und ehrenhaft zugeht.

~~~ Der erste Buhlbaum ist abgestorben. Die Erstwurzel wurde ausgegraben und es war genauso wie es in den Überlieferungen prophezeit worden war. Die Wurzel war hohl. Sehr vorsichtig wurden daraus die Armreifen angefertigt. Heute habe ich eine der ersten Aufzeichnungen besprochen.

Das Lichtwesen hat prophezeit, dass die Buhlbaumrollen sehr lange Zeit überleben können. Solange sie ~~~

Die Gamschkriecher

Schwestern mein Name ist Lagun. Lange Jahre war ich die Seherin der Aldon. Ihr wisst alle, was man sich von den Gamschkriechern erzählt. Die kleinen Nager stellen keine Gefahr für die Waldmenschen dar. Sie sammeln Früchte des Waldes, bringen sie in ihre Bruthöhlen und lagern sie dort ein, bis sie zu gären beginnen. Anschließend dient ihnen das faulige Mus als Nahrung. Leider führt das zu einem unglaublichen Geruch, der jedes andere Lebewesen von den Bruthöhlen abhält. Deshalb müssen die Gamschkriecher, zumindest so lange sie sich in ihren Höhlen aufhalten, auch keine Überfälle von Raubtieren zu fürchten. Gamschkriecher sind für die Vielfalt des Waldes von großem Wert, denn meist verbleiben in den Höhlen noch Samen der Früchte und sorgen für einen Neuwuchs bei Sträuchern und Bäumen.

Die Geschichte, dass Gamschkriecher in Not geratenen Menschen helfen geht auf ein Erlebnis zurück, dass sich in meiner Zeit als Seherin der Aldon zutrug. Holdo der Bewahrer der Aldon führte eine Gruppe von Heranwachsenden in einen Bereich des Waldes, wo sich besonders schmackhafte Beeren befanden. Die Aufgabe des Bewahrers war zu lehren, welche Beeren man pflücken durfte, welche an den Sträuchern hängen bleiben müssen und welche Früchte man meiden sollte.

Während seiner Erläuterungen zu den ~~~ bemerkte Holdo wie sich in einem nahen Dickicht langsam ein Beutelbromm an seine Gruppe heranschlich. Diese Raubtiere sind sehr gefährlich. Zwar waren genügend Heranwachsende da, so dass sie einen Kampf mit diesem Untier aufnehmen konnten, aber Holdo war bewusst, dass es dabei viele Verwundete und auch Tote geben würde.

Holdo war sehr umsichtig, ohne es sich anmerken zu lassen, damit der Beutelbromm nicht misstrauisch wurde und sofort angriff, führte er die Aldon in die Nähe der Bruthöhle von Gamschkrie-chern. Diese Höhle hatten die Gruppe bereits kurze Zeit vorher entdeckt und wegen des Geruchs umgangen. Jetzt konnte die Höhle ihre Rettung sein. Der Beutelbromm folgte ihnen, je näher sie der Bruthöhle kamen, desto angriffslustiger wurden seine Be-wegungen. Nur der Geruch hielt ihn noch von einer Attacke ab.

Holdo sprach, ohne seine Stimme zu ändern zu den Heranwach-senden, „ihr geht jetzt ganz langsam zu dieser Bruthöhle der Gamschkriecher und springt hinein." Bevor einer der Aldon eine

Frage stellen konnte, deutete der Bewahrer mit einer Hand auf die Bruthöhle und sprach, ohne seine Stimme zu heben immer wieder nur leise: „Beutelbromm, Beutelbromm."

Holdo war der letzte der in die Bruthöhle sprang. Er hatte großes Glück, denn der Beutelbromm hatte als der erste Aldon in die Bruthöhle sprang die Zähne gefletscht und hatte angegriffen.

Ohne verletzt zu werden landete Holdo in der Bruthöhle. Aber es war sehr knapp gewesen. Der Beutelbromm hatte ihn nur um Handbreite verfehlt. In der Bruthöhle war es ziemlich eng, denn nicht nur die schutzsuchenden Waldmenschen befanden sich dort, sondern eine gesamte Gamschkriecher Sippe und leider auch eine Menge an vergorenen stinkenden Früchten.

Solange es ihnen trotz des üblen Geruchs möglich war, blieben die Aldons in der Bruthöhle. Die Angst vor dem Beutelbromm führte dazu, dass sie den Gestank klaglos auf sich nahmen. Holdo streckte ab und zu seinen Kopf aus der Höhle und besah sich die Umgebung. Erst als er sicher war, dass der Beutelbromm keine Gefahr mehr darstellte, winkte er einen nach dem anderen seiner Aldons die Höhle zu verlassen. Er selbst bildete den Schluss. Doch als er aus der Bruthöhle kriechen wollte, stellten sich die Gamsch-kriecher geschlossen vor den Höhlenausgang. Kurz danach haben die Gamschkriecher ihre Höhle von innen verschlossen. Von Holdo hat man niemals wieder etwas gesehen. Aufgrund dieses Vorfalls hat sich die Legende entwickelt, das die Gamschkriecher zwar helfen, aber ein ~~~ Opfer wollen.

Was daran stimmt und warum die Gamschkriecher Holdo am Ver-lassen ihrer Höhle behindert haben kann ich leider nicht sagen. Aber es scheint mir wichtig, diese Geschichte weiterzugeben.

Die Abenteuer von Harth

Diese Gegebenheit wurde aufgezeichnet von ~~~.

Der alte Brock wusste aus Erfahrung, wie er sich wirkungsvoll in Szene setzen konnte. Er genoss seine Auftritte im Kreis seiner jungen Zuhörer. Auf seinem dicken Stab stand er schräg vor dem großen Gemeinschaftsfeuer. Er wusste, dass ihm das Flackern des Feuers ein geheimnisvolles und unheimliches Aussehen gab.

„Was wollt ihr hören", mit finsterer Miene sah er die vor ihm sitzenden Kinder an. Diese wussten, dass von Brock keinerlei Gefahr ausging. Sein brummiges Gehabe gehörte, wenn es um die alten Erzählungen ging, einfach dazu. Es war gewissermaßen die Einleitung seiner Geschichten.

„Nun" knurrte Brock. Mit seinem klobigen Stab stupste er Krohn an. Der Junge war zwar erst fünf Sommer alt, in seinem Tatendrang aber kaum zu bändigen und meistens der lauteste im Kinderhaufen.

„Die … die Abenteuer von Harth", stotterte Krohn.

„So", Brock schnaufte, „hätte ich mir fast denken können. Die Abenteuer von Harth also … und dann könnt ihr wieder nicht schlafen. Nun, mir kann es egal sein."

Er schwieg eine Weile und schloss theatralisch seine Augen. Brack wusste genau das seine Geschichten, durch diese Pausen die nötige Spannung bekamen.

„Es war einmal", begann er grollend, „vor langer Zeit, als unser Wald noch jung war." Brack riss die Augen plötzlich weit auf, „damals gab es noch viele Ungeheuer aus der vorherigen Zeit. Die Olkh waren sehr zahlreich und damals noch nicht in ihre jetzigen Gebiete zurückgedrängt. Deshalb gingen die Waldbewohner nie allein aus den Dörfern in ihre Anpflanzungen. Einer von ihnen hatte stets die Aufgabe die Umgebung zu beobachten und sobald er den Geruch eines Olkh wahrnahm seine Gefährten zu warnen. Dann hieß es sofort dieses Gebiet zu verlassen."

„Wie riecht ein Olkh?", unterbrach Krohn den Erzähler. Brock schaute den Jungen finster an, obwohl er die Frage erwartet hatte. Sie kam nämlich immer an dieser Stelle seiner Geschichte und meistens war es der neugierige Krohn der sie stellte.

„Süßlich Krohn. Extrem süßlich! Fast wie die Fladen, die es gibt, wenn wir die kurze Nacht feiern." „Wie in der Nähe von Gamschkriecherhöhlen?" „Nein anders", knurrte Brock, „es ist nicht nur ein süßer, sondern auch ein modriger, alter Geruch. Und", er hob seinen Stock hoch und grollte laut, „wenn ihr so etwas riecht, dann lauft ihr los, sofort, ohne nachzudenken! Habt ihr gehört: ihr lauft, ohne euch umzudrehen, und zwar so weit wie ihr nur könnt."

Brock schwieg und blickte über die vor ihm sitzenden Kinder auf die Seherin, die in einiger Entfernung auf einem Stein saß und ihm zufrieden zunickte. Es war wichtig den Sippenmitgliedern von Kindesbeinen an die Angst vor den Olkh einzupflanzen. Überlebenswichtig.

„Harth war ein großgewachsener und sehr stattlicher Junge. Das Fest der Vereinigung mit der für ihn ausgewählten Frau stand bevor. Harth ging in den Wald, weil er für Mira besonders schöne Blumen für ihren Haarkranz pflücken wollte. Auf seiner Suche verließ er die vorgeschriebenen Pfade und wurde unvorsichtig. Und plötzlich stand vor ihm ein ... na?" Brock beendete seinen Satz nicht, sondern sah seine Zuhörer fragend an. Krohn flüsterte heißer: „Olkh?"

„Richtig Kleiner", Brock nickte, „ein Olkh! Harth drehte sich sofort um und rannte so schnell er konnte davon. Aber das war schon zu spät. Der Olkh hatte den Geruch von Harth aufgenommen und würde den jungen Mann nun verfolgen, bis er ihn eingeholt hatte. Harth war sehr schnell, der schnellste Läufer seiner Sippe, er rannte ins Dorf und begegnete dort dem Bewahrer. Dieser nickte nur traurig nach dem Harth ihm geschildert hatte, was ihm widerfahren war. Für den Bewahrer war Harth bereits tot. Trotzdem empfahl er ihm natürlich weiterzulaufen. Aber nicht mitten durchs Dorf, sondern am Rand vorbei. Zwar bestand keine Gefahr durch den Olkh, weil dieser den Geruch von Harth aufgenommen hatte. Aber Olkh können, wenn sie jemand verfolgen auch ihre Umgebung verwüsten.

Harth lief, zunächst ins Innere des Waldlandes bis zum Berg Dahn. Dann wieder zurück bis zur Grenze des Waldlandes. Doch immer, wenn er sich erschöpft für einige Tage Ruhe gönnte, musste er feststellen, dass ihm der Olkh immer noch verfolgte. Harth verließ schließlich das Waldland. Er hatte zwar große Angst vor dem Sandland, aber vielleicht konnte er so den Olkh abschütteln. Bei einer Sippe von Sandmenschen fand er für einige Tage Unter-schlupf. Doch natürlich musste er diese sofort verlassen, nachdem der Olkh am Horizont aufgetaucht war.

Harth lief wieder weiter. Das Laufen, die ständige Flucht bestimmte sein Leben. Er kam dabei sogar bis zum Grasland. Kein Wald-mensch vor ihm hatte sich so weit vom Wald entfernt. Nach Jahren kehrte Harth um und lief wieder in Richtung des Waldlandes. In der Hoffnung den Olkh abzuschütteln, lief er mehrere Tage in der Mitte eines breiten Flusses. Als Harth den Wald wieder erreichte musste er feststellen, dass sehr viel Zeit vergangen war seit dem er den Olkh das erste Mal gesehen hatte. In einem Wasserloch spiegelte sich sein Gesicht. Er war ein alter Mann geworden. Noch nie war ein Mensch solange vor einem Olkh davongelaufen. Schließlich suchte Harth seine Sippe auf. Er war jetzt sehr müde und erschöpft und am Ende seiner körperlichen Kräfte angekom-men. Zwei Tage später starb er.

Die Seherin ordnete an, dass Harth am Rande des Dorfes und nicht wie üblich in der Mitte der Hütten begraben wurde. Drei Tage später verstanden die Menschen, warum die Seherin das ange-ordnet hatte. Sie beobachten aus sicherem Abstand wie ein alter großer Olkhwurm sich in das Grab von Harth bohrte und den toten Mann ausgrub. Wenig später verschwand das Ungeheuer mit Harths Leichnam im Maul im Wald."

Brock schwieg und musterte die zuhörenden Kinder, „was will uns diese Geschichte lehren?" „Wenn wir einem Olkh begegnen sollen wir laufen, soweit wir können", antwortete Krohn vorlaut und grinste.

„Nein", Mandi ein kleines schüchternes Mädchen hob zaghaft seine Hand. „Dann würde es dir wie Harth ergehen. Die Geschichte lehrt uns, dass wir die Begegnung mit Olkh vermeiden sollen."

„Richtig Mandi", die Seherin mischte sich ein. „Und jetzt ab mit euch, ihr habt Brock für heute genügend ausgefragt." Als die Kinder davon gestürmt waren, wandte sich die Seherin an den alten Mann. „Und was meinst du, ist Mandi geeignet?" „Ja", Brock nickte, „nimm sie mit zum Berg Dahn."

Der Untergang des Krahnvolkes

Mein Name ist Lubera. Ich war in meinen jungen Jahren die Seherin des Krahnvolkes und trage seit vielen Jahren die Last der Verantwortung für den Untergang dieser Sippe. Zwar hat mich die Gilde von jeglicher Schuld freigesprochen. Trotzdem sehe ich in meinen Träumen immer noch die Bilder des damaligen Unglücks. Vielleicht hätte ich meine Macht einsetzen sollen und nicht nur auf die Kraft der Worte hoffen sollen. Ich bin ~~~

Die Krahnsippe hatte sich in einer Talsenke in der Nähe der Wasserfälle von Thum niedergelassen. Es war ein kleines, aber sehr schönes Dorf. Durch die Nähe zu den Wasserfällen war der nahe Waldteich des Dorfes immer mit ausreichend frischem Wasser gefüllt. Der Bewahrer der Krahn war, als sich die Geschehnisse ereigneten, leider kein besonders kluger Mann. Dies meine Schwestern ist oft der Fall. Aber die Bewahrer haben meistens mindestens so viel Verstand, dass sie sich den Anweisungen der Seherinnen beugen. Sie erkennen die Klugheit der Seherinnen an. Aber es war auch die Zeit, in der einige Bewahrer gegen die Seherinnen aufbegehrten.

Die Sippe der Krahn litt trotz ihrem dümmlichen Bewahrer keine Not, da durch die Lage des Dorfes stets ausreichend frisches Wasser vorhanden war und Früchte und Gemüse fast wie von selbst wuchsen.

Mit den Jahren wurden die Krahn durch diese glücklichen Umstände träge. Sie mussten nicht so schwer wie andere Sippen für ihr tägliches Wohlergehen arbeiten. Und der Bewahrer bereitete sie auch nicht auf mögliche schwerere Zeiten vor. Nach einem außergewöhnlich niederschlagsreichen Winter, der Berg Dahn hatte noch nie so weiß geleuchtet, rief ich die Sippe zusammen und empfahl für die Zeit der Schneeschmelze das Dorf kurzfristig zu verlassen und ein höhergelegenes Waldgebiet aufzusuchen. Ich war mir sicher, dass sobald der Schnee zu schmelzen begann die Wasser in noch nie erreichter Menge zu Tal stürzen würden. Unser kleiner Waldteich musste überlaufen. Er konnte diese zusätzliche Menge niemals fassen. Aber wenn die Hochwasser so ausfielen, wie ich befürchtete, bestand große Gefahr für das Dorf und die Sippe der Krahn. Wenn der Waldteich sein Becken verließ und das Dorf überschwemmte, war das Leben der Menschen bedroht.

Leider wurden meine sämtlichen Aufforderungen und Belehrungen nicht mit dem notwendigen Respekt angehört. Vielleicht weil ich noch sehr jung und erst seit kurzer Zeit die Seherin dieses Dorfes war. Aber auch der Bewahrer trägt einen großen Teil Schuld an dem eingetretenen Unglück. Er lächelte nur über meine Belehrungen. „Noch nie mussten die Krahn vor dem schmelzenden Wasser fliehen. Unsere stolze Sippe läuft doch nicht vor etwas Wasser davon." Der Mann war sogar so frech mich vor dem versammelten Dorf lächerlich zu machen. „Vielleicht bist du einfach noch nicht reif für die Seherin der Krahn. Man hätte uns eine alterskluge Frau und kein unreifes Mädchen senden sollen. Du musst noch ~~~"

Schließlich habe ich in meiner Not die weise Frau vom Berg um Rat gefragt. Sie war sehr ungehalten. Nicht über mich, sondern über die Sippe der Krahn und vor allem über den Bewahrer. „Ist es wieder soweit, dass ein dummer alter Mann seine Sippe in den Untergang treibt. Nun dann soll es so sein. Vielleicht ist das den anderen Sippen eine Lehre."

Wenige Tage vor Beginn der Schneeschmelze kam die weise Frau mit mehreren Gildefrauen zu mir. Als der Bewahrer sie fragte aus welchem Grund sie das Dorf aufsuche, sagte sie ihm, „wir bringen eure Seherin und unsere kluge Schwester in Sicherheit. Wie du weißt, wird die kommende Schneeschmelze für die Sippe der Krahn ein großes Unglück darstellen." „Sollen wir ...?" „Bewahrer, eure Seherin hat doch bereits alles über die Gefahr gesagt, die auf euch zukommt. Sogar mehrmals wie ich erfahren habe. Ich würde keine anderen Worte finden. Glaubst du, dass ich anderer Meinung bin. Aber wenn du dummer alter Mann es besser weißt, sieh zu was geschehen wird. Und ihr," sie drehte sich um und sprach zu den Menschen der Krahnsippe die neugierig nähergekommen waren, „müsst euch entscheiden zwischen den Worten eines Bewahrers und denen einer Seherinnen. Ich hoffe wirklich ihr wählt gut."

Nach diesen Worten nahm die weise Frau mich bei der Hand und führte mich vor den Augen der versammelten Krahnsippe zu einer nahen Anhöhe.

Der Bewahrer hatte leider nicht die Weisheit vor der Sippe seine Fehler einzugestehen. Er vertrat weiterhin stur seine irrige Meinung. Wahrscheinlich hoffte er insgeheim inständig, dass er recht behalten würde. Deshalb blieben bis auf zwei Familien, die sich der Gilde anschlossen, alle Dorfbewohner in ihren Hütten.

Zwei Tage später stiegen die Wasser des nahen Waldsees in der Nacht urplötzlich so stark an, dass innerhalb kurzer Zeit das gesamte Dorf überflutet wurde. Fast die gesamte Sippe der Krahn ertrank. Meine Schwestern, vielleicht findet ihr die Entscheidung der weisen Frau sehr hart. Aber wir befanden uns in einer Zeit, in der immer mehr Bewahrer gegen die Seherinnen aufbegehrten. Nach dem schrecklichen Unglück galt das Wort der Seherinnen wieder uneingeschränkt.

Vor der weisen Frau wurde ich in ein anderes Dorf gesandt. Viele Jahre konnte ich dort wirken. Immer wenn ich mich auf dem Weg zum Berg Dahn befand, machte ich einen kleinen Umweg zum damaligen Dorf der Krahn. Der ehemalige kleine Dorfteich hat sich seit der Unglücksnacht in einen dunklen Waldsee gewandelt. Von der ehemaligen Ansiedlung ist nichts übriggeblieben. Manchmal bilde ich mir ein, dass aus dem Grund des Waldsees kleine Blasen aufschweben. Ich weiß, dass dies Gase aus dem heißen Erdreich sind. Aber für mich sind es die Tränen der Kinder, die nicht leben durften, weil ein alter verbohrter Mann dumme Befehle gab.

Die große Feuersbrunst von Jorcha

Mein Name ist Lalun

Seherin der Gilde. Ich habe während meiner Lebensjahre nur der weisen Frau gedient und war nicht einer Sippe zugeteilt. Das Ereignis, von dem ich berichten werde, hat in einer einzigen schicksalhaften Nacht fast die Hälfte der Hälfte des Waldlandes zerstört.

Schon viele Nächte hatte ich vor diesem schrecklichen Ereignis mit der weisen Frau und anderen Seherinnen auf dem Berg Dahn verbracht. Wir hatten festgestellt, dass sich zu unseren zwei nächtlichen Begleitern dem mächtigen Krooh und dem schnellen Sandull eine weitere Leuchtkugel hinzugestellt hatte. Zunächst war sie nur winzig gewesen, kaum größer als die Feuerfliegen in der Nacht. Doch die Kugel wurde immer größer. Viele Seherinnen aus dem Waldland meldeten uns, dass auch die Bewahrer diese Leuchtkugel bemerkt hatten und um Rat baten. Bekamen Krooh und Sandull einen neuen Begleiter? War die Leuchterscheinung ein Zeichen? Bedeutete sie Glück oder Unglück?

Unsere weise Frau Candil war damals schon sehr gebrechlich. Sie bat mich vor ihrer Hütte zu wachen, während sie sich mit einer großen Menge Buhlbaumsaft in einen Traumzustand versetzte. Sie hoffte dadurch zu erfahren, was die leuchtende Kugel zu bedeuten hatte.

Candil befand sich fast einen ganzen Tag im Traumzustand. Als sie mich zu sich rief, war sie nass vor Erregung. Ich erfuhr, dass große Gefahr auf das Waldland zukam und uns zur Rettung der Menschen nur noch wenige Tage verblieben. Candil befahl mir, dass sich sämtlich erreichbare Seherinnen vor ihrer Hütte einzufinden hatte. Wenig später trat sie vor uns hin und sprach folgende Worte: „Schwestern, die leuchtende Kugel ist ein Mond, der auf unser Waldland fällt. Uns bleibt nur die Flucht. Keine Macht kann dieses Unglück von uns abhalten. Wir können nichts dagegen tun."

„Vielleicht ... entschuldige ehrwürdige Candil würde uns ein Allbewahrer ..." „Schweig Brani", Candil richtete sich auf, „die Bilder, die ich sah, lassen keinen Zweifel zu. Es gibt keine Rettung. Auch ein Allbewahrer hätte nicht genügend Kraft sich dagegen zu stellen. Außerdem verbleibt uns nicht genügend Zeit, um einen Allbewahrer zu wählen. Wir müssen über unsere Gedankenwege allen Seherinnen mitteilen, dass sie ihre Sippen in die Richtung der frühtäglichen Erscheinung von Rham führen müssen. So schnell und soweit es ihnen in der verbleibenden Zeit möglich ist. Keine Besprechungen mit den Bewahrern. Sie müssen sich sofort in diese Richtung begeben."

Leider folgten nicht alle Waldbewohnern dieser Aufforderung, oder erst als die leuchtende Kugel bereits den halben Nachthimmel einnahm. Es war furchtbar. Schon bevor der Einschlag erfolgte kam es zu einem furchtbaren Sturm, der viele Bäume entwurzelte. Nicht einmal die alten ehrwürdigen Riesen konnten sich dieser entfesselten Kraft entgegenstellen. Kurze Zeit später schlug in unserem Wald eine brennende Steinkugel ein und verwüstete bis sie endlich zum Stillstand und auseinander gebrochen war große Teile unseres schönen Waldes.

Mein Name ist Brani, ich möchte diese Buhlbaumrolle ergänzen: Es war ein schreckliches Unglück, dass sich hoffentlich nie wieder ereignet. Unsere ehrwürdige weise Frau Candil ist kurz darauf verstorben. Lalun wurde ihre Nachfolgerin und ich blieb als Beraterin bei der neuen weisen Frau.

Es wird mehrere Generationen dauern, bis sich der geschändete Teil des Waldlandes wieder erholt hat. Doch bereits jetzt, da sich das Ende meines Lebens nähert haben die Waldmenschen mit dem Aufbau ihrer Dörfer begonnen.

Der versiegende Brunnen

Mein Name ist Minha. Ich gehöre der Gilde der Seherinnen an. Von der weisen Frau ~~~ vom Berg erhielt ich den Auftrag eine Sippe der Sandmenschen aufzusuchen. Von deren Existenz wissen nur wir Sehrinnen. Die Waldmenschen glauben, dass sich die Welt auf den Wald beschränkt.

Nach einem starken Windbruch hatte sich der Wasserlauf eines kleinen Baches aufgestaut und in Folge war ein neuer Waldteich war entstanden. Für die Waldbewohner war das ohne jegliche Auswirkung. Die Wasserfläche erlaubte ihnen sogar breitere Bewässerungsgräben zu ihren Beerensträuchern anzulegen. Die Ernten würden deshalb reicher ausfallen als die Jahre zuvor.

Die weise Frau hatte sich selbst den neuen Teich angesehen. „Nun für diese Sippe scheint das viele Wasser tatsächlich ein Geschenk der Natur zu sein. Wir wissen aber nicht, was durch den abgeschnitten Wasserfluss in den Gegenden geschieht wohin der kleine Bachlauf vorher geführt hat."

Ich war das erste Mal außerhalb des Waldlandes. Es war eine große Überraschung. Nur ein weiterer Schritt und ich stand plötzlich in einer völlig neuen Welt. Es war unglaublich hell und glühend heiß. Kein Schatten, kein kühler Luftzug, kein Moos ... nur flimmernder und herumschwirrender Sand. Innerhalb kurzer Zeit war der Sand durch meine sämtlichen Kleider gekrochen. Ich musste mir sogar ein Tuch vor den Mund binden, damit ich den Staub nicht einatmete.

Die Menschen, denen ich nach einer Weile begegnete, waren in weite Tücher eingewickelt. Es handelte sich um eine praktische Bekleidung, um vor dem Sand geschützt zu sein.

Ich wurde auf meinem Wunsch zum Quellmeister Kohlonk gebracht. Seherinnen gibt es bei den Sandmenschen nicht. Trotzdem läuft das Leben sehr geregelt ab.

Kohlonk konnte mit mir über die Gedankenwege sprechen. Er führte mich in eine unterirdische Höhle wo aus einem Rohr Wasser in ein Becken floss und von dort auf viele weitere Rohre verteilt wurde. Kohlonk erzählte mir, dass bei ihm seit einiger Zeit weniger Wasser ankam. Er musste es deshalb klug und gerecht aufteilen.

Gemeinsam gingen wir zu dem Zeitpunkt zurück seitdem weniger Wasser bei den Waldmenschen ankommt. Ich begriff, dass ein Zusammenhang mit dem entstandenen Waldteich bestand. Ich versuchte Kohlonk zu erklären, dass die Waldmenschen aus Unwissenheit handelten. Dies verstand der Quellmeister aber nicht. „Wie kann man mehr Wasser verbrauchen, wenn es doch vorher schon ausreichend gab?" Darauf wusste ich keine vernünftige Antwort.

Zurück im Wald hat die weise Frau nach dem ich ihr berichtet hatte sofort angeordnet die alten Bedingungen wieder herzustellen. Außerdem gab sie mir die Anweisung eine Buhlbaumrolle zu besprechen, damit die Seherinnen nicht vergessen auch auf die Menschen außerhalb des Waldlandes zu achten.

Gordo und Bora

Ich habe nach dem Bora meine Nachfolgerin geworden ist, von ihr den Auftrag erhalten die Gegebenheiten während der Zeit der Wahl von Poroh zu Allbewahrer aufzuzeichnen. Meine lieben Schwestern darüber habe ich in den letzten Tagen bereits einige Buhlbaumrollen besprochen.

Wichtig waren für mich dabei die Einführung der Regelungen über die Personengröße von Sippen. Auch wenn es den Familien im Wald gut geht, ist eine Vermehrung nur in geringen Maßen möglich. Bora hat hier gute Regeln aufgestellt. Schließlich müssen das vorhandene Wasser und die Nahrung unter allen Menschen gerecht aufgeteilt werden. Und auch außerhalb des Waldes gibt es Menschen, auf die wir bei unseren Regeln achten müssen. Es soll nicht noch einmal geschehen, dass die Waldmenschen sich rücksichtslos vermehren und die Menschen in den Sandwüsten Durst leiden müssen. Bora lässt in der Gilde gerade beraten, ob wir Seherinnen auf die lange Reise in das Land der Wiesen und Felder senden sollen. Die Länder auf Pallus wurden, wie ihr wisst, geteilt. Ein Sandland war entstanden, ein Land der Wiesen und Felder und unser Waldland. Die Gewässer wurden geteilt. Kein Volk sollte benachteiligt werden. Vielleicht benötigen die Menschen der Wiesen und Felder unsere Hilfe. Wir wissen nicht, wie sich die Wasserknappheit dort ausgewirkt hat.

Eines erscheint mir noch zum Abschluss meiner Aufzeichnungen überaus wichtig für die uns nachfolgenden Generationen zu sein. Es ist die Geschichte von Gordo und Bora. Die Beziehung zwischen einem Waldmenschen, einer Seherin, jetzigen weisen Frau und einem Brackkater, also einem artfremden Lebewesen. So eine Verbindung ist sicherlich für die meisten Waldmenschen undenkbar, wenn nicht sogar anstößig oder gar ekelerregend. Darum ist es mir ein großes Bedürfnis darauf hinzuweisen, dass ich selten ein solch enges und liebevolles Verhältnis zwischen Waldmenschen wie zwischen Bora und Gordo gesehen haben. Das erscheint mir ein Beweis dafür, dass wir Liebesverbindungen würdigen müssen, die uns selbst unverständlich bleiben. Unser aller Leben ist viel zu kurz, wir sollten deshalb glückliche gemeinsame Tage genießen. Seien sie unsere, oder die von anderen Lebewesen.

Bisher erschienen:

Roland Reiner

1

Samuel Dreher und die Macht

© 2023 Roland Reiner

Herstellung und Verlag: BoD – Books on Demand, Norderstedt

ISBN: 9783758305993

2

Samuel Dreher und der Hass

© 2023 Roland Reiner

Herstellung und Verlag: BoD – Books on Demand, Norderstedt

ISBN: 9783758306907

3

Samuel Dreher und der Mut

© 2023 Roland Reiner

Herstellung und Verlag: BoD – Books on Demand, Norderstedt

ISBN: 9783757852870

4

Samuel Dreher und das Leid

© 2023 Roland Reiner

Herstellung und Verlag: BoD – Books on Demand, Norderstedt

ISBN: 9783758305481

5

Samuel Dreher und die Schuld

© 2023 Roland Reiner

Herstellung und Verlag: BoD – Books on Demand, Norderstedt

ISBN: 9783734761225

6

Samuel Dreher und der Zorn

© 2023 Roland Reiner

Herstellung und Verlag: BoD – Books on Demand, Norderstedt

ISBN: 9783758308734

7

Samuel Dreher und die Wut

© 2023 Roland Reiner

Herstellung und Verlag: BoD – Books on Demand, Norderstedt

ISBN: 9783758311208

8

Samuel Dreher und die Liebe

© 2023 Roland Reiner

Herstellung und Verlag: BoD – Books on Demand, Norderstedt

ISBN: 9783758310348

9

Samuel Dreher und das Schicksal

© 2024 Roland Reiner

Herstellung und Verlag: BoD – Books on Demand, Norderstedt

ISBN: 9783758310201

Denn am Ende steht der Anfang

© 2008 Roland Reiner

Herstellung und Verlag: BoD – Books on Demand, Norderstedt

ISBN: 9783837030976

Pseudonym Martin Welsch

Der junge Wächter

© 2013 Martin Welsch

Herstellung und Verlag: BoD – Books on Demand, Norderstedt

ISBN: 9783732286508

Der Wächter

© 2015 Martin Welsch

Herstellung und Verlag: BoD – Books on Demand, Norderstedt

ISBN: 9783739220550

Das Tal Irminsul

© 2015 Martin Welsch

Herstellung und Verlag: BoD – Books on Demand, Norderstedt

ISBN: 9783739220345

Das Tal Irminsul – Die Rückkehr

© 2017 Martin Welsch

Herstellung und Verlag: BoD – Books on Demand, Norderstedt

ISBN: 9783744868440

Das Tal Irminsul – Die große Schlacht

© 2019 Martin Welsch

Herstellung und Verlag: BoD – Books on Demand, Norderstedt

ISBN: 9783756861644

Das Tal Irminsul – Am Abgrund

© 2023 Martin Welsch

Herstellung und Verlag: BoD – Books on Demand, Norderstedt

ISBN: 9783758317217

Pseudonym: land ro

Der Eremit und die Zeit nach der Pandemie

© 2022 land ro

Herstellung und Verlag: BoD – Books on Demand, Norderstedt

ISBN: 9783756861644

Kinderbücher:

Geschichten vom kleinen Fuchs

© 2023 Roland Reiner

Herstellung und Verlag: BoD – Books on Demand, Norderstedt

ISBN: 9783757846169

Lisa und der Hexenbesen

© 2023 Roland Reiner

Herstellung und Verlag: BoD – Books on Demand, Norderstedt

ISBN: 9783758305948

Sie wollen Kontakt mit uns aufnehmen?

Gerne greifen wir Ihre Anregungen und Kritik auf.

Folgende Möglichkeiten bestehen:

RR-Redaktion@t-online.de

Samuel-Dreher-Kraisbach@t-online.de

Martin-Welsch-Kraisbach@t-online.de

Die Rettung der Welt

© 2024 Martin Welsch

Verlag: BoD • Books on Demand GmbH, In de Tarpen 42, 22848 Norderstedt

Druck: Libri Plureos GmbH, Friedensallee 273, 22763 Hamburg

ISBN: 978-3-7597-7708-9